KB179610

수박 맛 좋아

수박 맛
좋아

서경희

문학정원

차례

세 친구 7

하우스 마루타 69

수박 농장 161

작가의 말 209

세 친구

선풍기가 털털거리다가 멈췄다. 날개의 뒤쪽 부분에서 연기가 피어올랐다. 커튼 틈을 뚫고 들어온 햇살이 옥탑방 깊숙이 들이쳤다. 어디선가 지글지글 타는 소리가 들려왔다. 세휘는 맨바닥에 누워 있다가 몸을 뒤척였다. 맨살이 장판에 붙었다가 떨어지면서 찌이익, 소리가 났다. 세휘는 선풍기 쪽으로 데굴데굴 굴러갔다. 은찬은 죽부인 용도로 안고 있던 페트병의 뚜껑을 열고 물을 마셨다.

"시원해?"

내가 물었다. 은찬이 페트병을 내밀었다. 얼음은 다 녹고 물은 뜨뜻미지근했다.

"완전히 망가졌어."

선풍기 버튼을 눌러보던 세휘는 벌러덩 드러누웠다. 우리는 바다표범처럼 배를 까고 널브러져서 움직이지 않았다.

"거기 부채 좀 줘."

은찬이 손을 뻗었다.

"무슨 부채?"

나는 더워서 말하기도 귀찮았다.

"네가 깔고 누운 하우스 마루타 부채 말이야."

나는 허리를 들고 부채를 빼냈다. '하우스 마루타'를 모집한다는 광고 문구가 부채에 커다랗게 적혀 있었다. 하우스 마루타는 최근에 생긴 신종 직업으로 부실시공된 아파트에 들어가서 사는 사람들을 말했다.

"우리 그냥 하우스 마루타나 될까?"

나는 자조적인 농담을 했다. 월세가 밀린 후로 집주인은 방을 빼라고 난리도 아니었다.

"말 같잖은 소릴 해, 한여름."

은찬이 성을 냈다.

"그건 나도 싫어. 오래 살고 싶단 말이야."

세휘가 내 쪽으로 데굴데굴 굴러왔다.

"꺼져."

나는 세휘의 엉덩이를 냅다 걷어찼다.

라면을 먹자고 해놓고 정작 라면을 끓이는 사람이 없었다. 다들 물만 홀짝홀짝 마셨다. 더워서인지, 배가 비어서인지 점점 더 힘이 없어졌다. 기운이 없어서 자다 깨기를 반복했다. 낮잠을 자고 일어났더니 두통이 생겼다. 속옷은 땀으로 흠뻑 젖었다. 브래지어 라인을 따라서 땀띠가 자잘하게 올라왔다.

"콜라 마시고 싶다."

"난 팥빙수. 한여름, 너는?"

"물어보나 마나 수박이겠지. 찬이 너는 여름이한테 뻔한 걸 물어."

세휘의 말이 맞았다. 나는 시원한 수박 한 조각만 먹었으면 소원이 없겠다 싶었다. 비 한 방울 내리지 않는 극심한 가뭄과 40도를 넘나드는 이상고온현상이 있은 후부터 이상하게 수박 농사가 되지 않았다. 그나마 몬산토에서 판매하는 수박씨로는 재배할 수 있었는데 가격이 엄청나게 비쌌다. 10kg 미만 수박 한 통이 못해도 100만 원은 줘야 했다. 이제 수박을 비롯한 신선식품은 부자들이나 먹을 수 있는 고급 식재료가 되었다.

세휘가 냉장고 문을 열려는 것을 은찬이 막았다. 냉장고는 열지 않는 것이 좋았다. 거기에는 사람이 먹을 수 있는 게 없었다. 압력밥솥은 며칠째 보온 상태였다. 우리는 돈이 없었다. 일하는 사람이 없기 때문이었다. 매달 나오는 몇 푼 안 되는 청년 배당으로 연명하는 중이었다.

부동산 거품이 꺼지며 나라 경제가 휘청였다. 한계기업은 도산했고 많은 사람이 직장을 잃었으며 폐업하는 자영업자도 계속해서 늘어났다. 시중의 돈이란 돈은 모두 은행이 빨아들였다. 월말이면 '빚내서 집 사던 시절'에 주택담보대출을 받은 사람들이 이자를 빌리려고 서민은행 앞에 길게 줄을 섰다. 아르바이트로 사람들이 몰리자 최저시급을 주지 않는 가게가 늘었다. 그마저도 자리가 없어서 아르바이트를 구하려면 전문 학원에 다녀야 하는 실정이었다.

전화벨이 울렸다. 옷 더미를 뒤져서 겨우 핸드폰을 찾았다. 엄마였다. 엄마는 숙식을 제공해주는 설렁탕집에서 하루 열두 시간을 일했다. 혼자서 주방은 물론이고 홀 서빙까지 도맡았다. 그래도 불평하지 않았다. 요즘 같은 불경기에 일자리를 구한 것만도 기적이라며 감사해했다.

"엄마는 뭘 그렇게 열심히 하고 그래. 쉬엄쉬엄해. 열심히 하나 안 하나 월급은 같아."

엄마는 열심히 살다 보면 좋은 날이 올 거라 믿었다. 하지만 그런 일은 일어날 것 같지 않았다. 엄마는 이번 달도 주택담보대출 이자를 갚느라 월급을 전부 써버렸다고 투덜거렸다.

"엄마, 거기 에어컨 있지?"

엄마는 냉방병에 걸렸다고 했다.

"밤에 자러 가도 돼?"

오빠가 몰래 자고 간다고 해서 나는 가지 못했다.

*

밤이 되자 열대야가 기승을 부렸다. 한낮의 더위가 숯불에 구운 쥐포같이 바싹한 것이라면 한밤의 더위는 찜통 속의 양배추처럼 축축했다.

"축구 하러 나가자."

잠이 오지 않아 몸을 뒤척이다가 친구들에게 제안했다. 은찬과 세휘는 시큰둥했다.

"땀을 쫙 빼고 나면 잠이 올 거야."

초등학교 입학 전부터 오빠를 따라서 축구 교실을 다니기 시작했다. 아빠는 오빠를 메시처럼 키우고 싶어 했지만 오빠는 그냥 메시처럼 작은 아이로 자랐다. 나는 제2의 지소연이 되는 꿈을 꾸었다. 아빠는 빚까지 지며 우리를 전폭적으로 지원해주었다. 내가 첼시와 계약하기는커녕 프로 데뷔도 못 하고 진학마저 실패했을 때, 집안은 감당할 수 없는 빚더미에 앉았다. 우리 가족은 수입의 70프로 이상을 이자를 갚는 데 지출하는 '좀비 가구'였다. 축구를 가르치느라 진 빚도 있었지만, 집값의 60프로를 대출받아서 분양받은 109㎡의 아파트가 화근이었다. 가족이 뿔뿔이 흩어지던 날 아침, 오빠가 메시의 유니폼을 선물이라며 줬다. 스페인으로 가족 여행을 갔다가 어렵게 구한 정품 유니폼이었다. 그 시절은 돈이 없어도 방학 때마다 해외여행을 가고는 했다. 카드 할부를 자주 이용했는데 대부분의 가정이 그랬다. 집은 주택담보대출이나 전세자금대출로, 자동차는 할부나 리스로, 등록금은 학자금대출로, 세금은 카드로 납부했다. 정치인들은 그것을 복지라고 불렀다.

축구를 하러 나가기로 했다. 나는 잠옷을 벗고 유니폼으로 갈아입었다. 은찬이 유니폼 지겹지도 않느냐고 투덜거렸다. 나는 유니폼을 교복처럼 입었지만 지겹다는 생각은 들지 않았다. 세탁할 때마다 등 넘버 10번이 닳는 것이 안타까울 뿐이었다. 세휘는 입고 있던 반바지와 티셔츠 차림 그대로 나갈 거라고 했다. 은찬은 왁스를 발라 머리 손질을 한다고 30분이나 허비했다.

은찬과 세휘는 공을 번번이 뺏기자 의지를 잃고 뛰지 않았다. 둘은 축구를 못하는 데다 날은 덥고 반강제로 끌려나왔기 때문에 기분이 좋지 않았다. 은찬은 어슬렁거리다가 벚나무 아래에 있는 벤치에 가 앉았다. 나는 세휘를 골대 앞에 세워두고 슛 연습을 했다. 세휘는 등신처럼 공을 한 개도 막아내지 못했다.

"같이 술 마시자는데?"

은찬이 정글짐이 있는 쪽을 가리키며 물었다. 여자들이 개코원숭이처럼 정글짐에 매달려 있었다. 은찬은 초등학교를 졸업한 이후로 키는 꾸준하게 컸지만 얼굴 크기는 그대로였다. 쌍꺼풀진 큰 눈에 가지런한 치아를 가졌고 웃을 때면 양 볼에 보조개가 깊게 패었다. 은찬이 한때 아이돌 연습생이었다는 흔적은 머리끝에 조금 남아 있는 탈색 자국뿐이었다.

"괜찮겠어?"

"너희만 좋다면."

나는 멀리서 보나 가까이서 보나 남자같이 생겼다.

"얘는 과학고 출신이야."

은찬이 세휘를 띄우려고 자랑했다.

"그게 뭐?"

"뭐냐니? 영재였다는 거지. 특목고 애들이 다 명문대 들어갔던 거 몰라?"

여자들은 시큰둥했다. 우리 때만 해도 특목고는 이를테면 성공으로 가는 급행열차 같은 거였다. 요즘은 그렇지 않았다. 다들 집에서 가까운 학교에 다녔다. 명문대나 지방

대나 취직이 안 되는 건 마찬가지였는데, 아이러니하게도 명문대 경쟁률은 여전히 높았다.

"은찬이는 아이돌 최종 데뷔 멤버까지 들어갔었어."

"데뷔는 못 한 거잖아."

여자들의 반응에 세휘와 은찬은 동시에 입을 닫았다.

"오빠는 뭐 해?"

"오빠 아닌데."

여자애의 관심은 금세 은찬에게 넘어갔다. 여자들은 근처 고등학교에 다니고 있었다. 대한민국에서 현금을 가장 많이 들고 다니는 게 학생들이었다. 정부 지원금이 매달 현금으로 나왔기 때문이다. 교재비, 학용품비, 용돈에 야간 자습을 하면 수당까지 나왔다. 그런데도 공부하는 애들이 드물었다.

술이 떨어졌다. 세휘하고 나는 집에 돌아가려고 했는데 여자들이 편의점에서 술을 잔뜩 사 들고 왔다. 공짜 술을 마다할 이유는 없었다. 공산당 게임을 했다. 여자들은 은찬을 표적으로 잡아서 '마시라우'를 외쳤다. 세휘는 여자들의 흑기사를 자처했다. 아무도 나를 향해 마시라우를 외치지 않아서 나는 혼자 마셨다.

*

눈을 떴더니 운동장 한가운데였다. 학교 지킴이 아저씨가 나한테 그랬던 것처럼 세휘의 엉덩이를 툭툭 찼다. 은찬은 보이지 않았다. 아저씨는 운동장에 있는 쓰레기를 전부 치우지 않으면 신고를 하겠다고 했다. 술병과 과자 봉지는 별로 없고 죄다 하우스 마루타를 모집하는 전단이었다. 우리가 버린 게 아니라고 아무리 말해봤자 씨알도 먹히지 않았다. 아저씨는 우리가 도망갈까 봐 쓰레기를 치우는 내내 자리를 뜨지 않았다.

세휘는 쓰레기를 챙겨 가겠다고 고집을 부렸다. 세휘가 방 한쪽에 생활정보지를 쌓아둘 때만 해도 대수롭지 않게 여겼다. 일할 곳을 찾고 있던 세휘에게 필요한 물건이었고 그때까지만 해도 생활에 불편이 없었다. 요즘은 밖에서 코 풀었던 휴지까지 들고 들어오는 통에 방은 거대한 쓰레기통으로 변해갔다. 세휘가 쓰레기를 모으기 시작한 것은 고등학교에 입학한 후부터였다고 한다. 아무리 열심히 공부해도 하위권을 벗어날 수 없게 되자, 세휘는 지식 쌓기를 포기하고 대신 쓰레기를 모았다.

윽박질렀다가 타이르기를 반복했다. 세휘는 빈 병만은 절대 포기할 수 없다고 고집을 부렸다. 집에 가는 길에 팔자고 해도 말을 듣지 않았다. 모아서 팔아야 목돈이 된다는 것이다. 빈 병을 모아서 목돈을 마련하려면 한 30년쯤 걸리지 않을까? 세휘가 30년을 모은 쓰레기 더미에 깔리는 모습을 상상했다. 세휘는 자기가 좋아하는 콜라병 모양으로 찌그러질 테지만 고물상은 그를 받아주지 않을 것이다.

우리는 편의점에 들어갔다. 나는 컵라면을, 세휘는 삼각김밥과 초코우유를 골랐다. 청양고추가 들어간 삼각김밥은 매워서 달콤한 초코우유와 궁합이 잘 맞았다.

"면허 시험 다시 준비할까 해."

세휘는 운전면허 필기시험에서 일곱 번이나 떨어졌다. 일부러 그렇게 하려고 해도 쉽지 않은 놀라운 결과였다. 우리는 어린 시절부터 친구여서 세휘가 공부를 잘하는 모습만 봤던 터라 영 이해가 안 갔다. 세휘는 아버지한테 물려받은 10년 된 스포츠카를 거주자 우선 주차장에 세워두었다. 세휘의 아버지는 세휘가 절대 갚을 수 없는 액수의 빚과 스포츠카를 남겨두고 사라져버렸다. 스포츠카 뒷자리에는 번개탄이 타면서 생긴 자국이 동그랗게 남아 있었는데 아무리 닦아도 지워지지 않았다. 세휘가 면허를 따면 우리는 스포츠카를 타고 동해안으로 바다를 보러 갈 계획이었다. 그러나 은찬은 세휘가 운전하는 차를 타고 바다에 가는 걸 포기했다. 나는 무엇도 기대하지 않는 삶을 살기로 했기 때문에 아무래도 상관없었다.

후식으로 아이스크림을 먹었다. 나는 수박바를, 세휘는 돼지바를 집었다.

"수박바 맛있어?"

"응."

"무슨 맛이야?"

세휘는 실실 웃었다.

"수박 맛."

"이거 먹고 수박 보러 갈까?"

우리는 회원권이 있어야 들어갈 수 있는 프리미엄 과일 가게에 갔다. 냉장실 쇼윈도에 값비싼 과일이 진열되어 있었다. 커다란 은쟁반에 삼각형 모양으로 자른 수박이 가지런히 담겨 있었다. 가격표를 보니 수박바 반만 한 크기의 수박 한 조각이 5만 원이었다.

*

"쾅쾅!"

문을 두드리는 소리가 들렸다. 우리는 약속이라도 한 것처럼 시계를 봤다. 주인집 아줌마였다. 그녀는 매일 같은 시간에 찾아와서 월세는 언제 줄 거냐고 물었다. 은찬과 세휘는 순식간에 욕실에 숨었다. 결국 또 내가 문을 열었다. 보증금에서 월세를 제하기 시작한 것이 언제부터였지? 기억나지 않았다. 아줌마는 이제 보증금도 바닥났다며 그만 나가달라고 했다. 아줌마가 나가라고 한 것은 봄부터였다. 우리는 나갈 생각이 눈곱만큼도 없었다. 아줌마도 뭔가 해결되기를 기대하고 올라오는 것은 아닌 듯했다. 화장실 청소를 하듯 의무감으로 찾아왔다.

"주말에 입금할게요."

늘 하던 말을 했다.

"주지 마. 주지 말고 그냥 우리 집에서 나가. 제발 좀 나가줘."

아줌마가 흥분했을 때는 조용히 있는 게 상책이었다.

"그리고 밤에 뛰지 좀 마. 시끄러워서 잠을 못 자겠어. 애들도 아니고 다 큰 총각들이 왜 자꾸 뛰어."

아줌마는 소득 없이 내려갔다. 은찬과 세휘는 욕실에서 나올 생각을 안 했다. 욕실 문을 열었더니 찬물에 발을 담근 채 쌀보리를 하고 있었다. 세휘는 은찬이 손으로 만든 주머니에 주먹을 넣으며 해맑게 쌀, 이라고 외쳤다.

*

우리 셋이 처음 만난 건 여덟 살 때였다. 나는 에너지가 많은 아이였다. 늘 활발하게 움직여도 내부에 쌓인 에너지는 쉽게 줄어들지 않았다. 그래서 항상 몸을 쓰고 놀았다. 오빠가 축구를 하러 운동장에 갈 때면 나는 악을 쓰고 따라 나갔다.

“오빠, 나도 축구 할래.”

오빠는 절대 축구 하는 데 나를 끼워주지 않았다. 나는 긴 막대를 주워 들고 바닥에 줄을 그으며 성난 황소처럼 운동장을 뛰어다녔다.

“제발 좀 꺼져!”

친구들과 축구를 하던 오빠가 방해되니까 다른 데 가서 놀라고 짜증을 냈다. 나는 철봉에 가서 매달렸다. 앞으로 돌고 뒤로 돌고 여러 번 반복해서 돌았다. 축구를 하는 오빠들의 모습이 순간적으로 뒤집혔다 바로 서는 게 재미있어서 계속 철봉을 돌았다. 배가 고팠다. 뛰어노느라 배가 꺼진 거 같았다. 해는 그림자를 길게 늘이며 서서히 넘어가고 있었다.

아침에 엄마가 주머니에 넣어준 막대 사탕을 만지작거렸다. 오렌지 맛 사탕이었는데 아까워서 먹지 않고 남겨놓은 것이었다. 엄마는 식탁에 얌전히 앉아서 아침을 먹는 날에만 사탕을 한 개씩 줬는데 받는 날보다 못 받는 날이 더 많았다. 그때 어떤 남자아이가 다가왔다.

"같이 놀래?"

나는 좋다고 했다.

"너는 이름이 뭐야?"

한여름이라고 대답했더니 남자아이가 덥겠다며 손부채를 만들어 내 얼굴에 대고 흔들었다. 그러더니 대뜸 인사했다.

"난 오세휘."

나는 한동안 세휘의 이름을 못 외우고 휘파람이라고 불렀다. 그 애의 이름을 길게 부르면 입에서 휘파람 소리 비슷한 소리가 들렸기 때문이다. 나는 새롭게 생긴 친구가 마음에 들어서 주머니에 숨기고 있던 사탕을 꺼냈다. 돌멩이를 주워서 사탕을 내리쳤다. 사탕은 정확하게 반으로 나뉘지 않았다. 나는 더 큰 사탕을 세휘한테 양보했다.

세휘가 미끄럼틀을 타자고 했다. 원통형 미끄럼틀은 밖에서 내부가 보이지 않았다. 세휘하고 나는 원통형 미끄럼틀 안에서 꼬리잡기 장난을 하며 놀았다. 그때 우리보다 나이가 많아 보이는 오빠가 미끄럼틀을 세게 타고 내려왔다. 원통형 미끄럼틀 중간에 있던 우리는 그 오빠에게 떠

밀려 내려왔다. 그 과정에서 나는 비명을 질렀고 입 속에 있던 사탕을 떨어뜨리고 말았다. 나는 보았다. 내가 떨어뜨린 사탕을 우리를 밀고 내려오던 오빠가 주워 먹는 것을.

"내 사탕!"

나는 비명을 질렀다. 세휘는 사탕을 찾아 미끄럼틀 여기저기를 뒤졌다. 나는 호기롭게 외쳤다.

"사탕 도둑아, 내 사탕 내놔!"

사탕 도둑은 모르는 척했다.

"형, 여름이 사탕 돌려주세요."

세휘가 내 편을 들었다.

"이 사탕이 재 사탕이라는 증거 있어?"

사탕 도둑이 혀를 날름거렸다. 그때 은찬이 정의의 사도처럼 짠, 하고 우리 앞에 나타났다. 은찬이 명탐정 코난의 흉내를 내며 사탕 도둑을 몰아붙였다.

"난 3시 56분에 영어학원에서 나왔어. 영어학원에서 운동장까지는 5분 거리. 지금 시각이 4시 12분. 그렇다면 정확히 11분 전에 이곳 모래밭에 도착했다는 계산이 나오겠지."

은찬이 잠시 말을 멈췄다. 말이 끊기자 우리는 더욱 그 아이에게 집중했다.

"나는 두꺼비 집을 만들면서 얘네 둘이 미끄럼틀에서 술

래잡기하는 걸 지켜봤어. 당신은 대략 5분 전쯤에 자전거를 타고 여기로 왔어. 맞지?"

예나 지금이나 은찬이는 참 말이 많았다. 정리해보면, 사탕 도둑이 미끄럼틀 계단을 올라갈 때는 입을 벌리고 있었는데, 원통형 미끄럼틀에서 나올 때는 입을 앙다물고 있었다는 것이다.

"그게 뭐?"

사탕 도둑은 쉽사리 범행을 인정하지 않았다. 은찬이 아주 상세하게 설명해주었다.

"사탕을 물고 있을 때 입을 벌리면 사탕이 떨어지기 때문에 사탕을 입에 문 사람은 입을 벌릴 수 없어. 그런데 당신은 입을 벌리고 미끄럼틀에 올라갔어. 그때는 입에 사탕이 없었던 거지. 원통형 미끄럼틀에서 나올 때 당신의 입은 앙다물어져 있었고 볼이 불룩했어. 여러 가지 정황으로 보아 사탕 도둑은 원통 안에서 사탕을 입에 넣은 것이 분명해."

세휘가 크게 고개를 끄덕였다. 은찬의 논리에 완전히 빠진 것이다.

"고로 당신의 입 속에 있는 사탕은 저 못생긴 남자애 것이니 당장 돌려줘라."

은찬이 판결을 내렸다. 막다른 골목에 몰린 사탕 도둑은 깨끗하게 자신의 잘못을 인정했다.

"그래. 이 사탕 재 거 맞아. 그래서 뭐. 빼내 갈 수 있으면 빼 가보시든지."

사탕 도둑이 약을 올렸다. 은찬과 나는 거의 동시에 사탕 도둑한테 덤벼들었다. 나는 사탕 도둑의 몸을 잡고 움직이지 못하게 했고, 은찬은 사탕 도둑의 입에 손을 넣어 사탕을 빼내려 했다. 사탕 도둑은 우리한테 완전히 제압당했다. 이제 이겼구나 싶었다. 그런데 사탕 도둑이 물고 있던 사탕을 바닥에 뱉더니 발로 마구 짓밟았다.

"더러운 것들. 내 침 묻은 사탕 실컷 먹어라."

사탕 도둑은 자전거를 타고 가버렸다. 나는 울음을 터트렸다. 세휘가 자신의 입 속에 있던 사탕을 꺼내서 내 입에 넣어주었다. 초승달처럼 작고 납작해진 사탕은 미처 단맛을 느끼기도 전에 혀에서 사르르 녹아버렸다.

"울지 마."

세휘가 눈물을 닦아주었다.

"야! 너희 왜 내 동생 울려."

뒤늦게 오빠가 큰소리를 쳤다.

"한 번만 더 내 동생 건드리면 혼난다."

오빠는 옛날부터 내 인생에 도움이 안 되는 인간이었다.

"가자. 내가 아이스크림 사 줄게."

은찬이 말했다. 그날 이후로 은찬은 늘 우리 사이에서 대장이었다.

*

지구를 통째로 끓는 물에 넣은 것처럼 더웠다. 뉴스에서는 일사병에 관한 기사가 한 꼭지씩 빠지지 않고 나왔다. 나는 죽지 않으려고 수시로 물을 마셨다. 그런데도 오줌이 샛노랬다. 우리는 예열된 오븐에 들어간 슬라이스 자몽처럼 바싹 타버렸다. 선풍기가 필요했지만 여전히 돈이 없었다. 세휘는 선풍기를 주우러 다른 동네까지 다녔다. 하지만 성과는 없었다.

은찬은 팬티가 자꾸 없어진다고 화를 내더니 기어이 세휘의 반바지를 벗기고 속옷을 확인했다. 세휘는 빨래를 하지 않고 쌓아두는 은찬을 비난했다. 은찬이 팬티는 내가 입고 있었다. 드로즈는 편한 데다 통기성이 좋았다.

은찬과 세휘는 부채질해주기 가위바위보를 하다가 싸운 후로 세 시간째 말을 안 했다. 예민해진 은찬이 괜히 나한테 시비를 걸었다.

"한여름, 제발 옷 좀 빨아 입어. 땀 냄새 때문에 미칠 것 같아."

연장전을 뛰었을 때처럼 유니폼은 젖어 있었다.

"빨아서 될 것 같지가 않아. 그냥 버려."

세휘가 거들고 나섰다.

"이 유니폼이 얼마인 줄 알기나 하고 그런 소릴 하는 거야? 이거 진짜거든."

"진품이면 뭐해. 다 해어진걸."

"버리려면 헌 옷 수거함에 집어넣지 말고 종량제봉투에 버려."

나는 유니폼을 빨아서 옥상에 내다 걸었다. 스포츠 브라만 걸치고 방을 왔다 갔다 했다.

"더운데 속옷은 왜 입냐. 볼 것도 없으면서."

은찬의 말이 맞았다. 나는 가슴도 등처럼 밋밋했다. 유니폼이 말린 가오리처럼 빳빳해지는 데는 한 시간도 걸리지 않았다. 스포츠 브라를 입지 않고 유니폼을 입었다. 엄청 편했다. 방 안 온도가 1도쯤 낮아진 것 같았다.

"속옷은 왜 안 입고 난리야."

세휘는 심기가 불편해 보였다.

"티 안 나잖아."

"티 다 나거든."

나는 젖꼭지에 X자 모양으로 밴드를 붙였다. 그리고 세휘한테 강제로 브래지어를 입혔다. 다음 날, 세휘는 피가 날 때까지 속옷에 눌린 부분을 긁었다. 나는 땀띠가 난 부위에 얼음찜질을 해주며 선언했다.

"에어컨 사기 전까지 속옷 안 입을 거야."

세휘는 그러라고 했다.

엄마한테 전화가 왔다.

"돈 없지?"

엄마는 당연한 걸 매번 물었다. 달력을 봤다. 이자를 갚을 날짜는 아직 멀었다.

"무슨 일인데?"

엄마는 말을 아꼈다.

"무슨 일이냐고, 말을 해야 알지."

"갭상환 하라고 우편물 왔어."

드디어 올 것이 왔다. 아파트 가격이 계속해서 하락하자 은행은 '갭상환'이라는 제도를 만들어냈다. 가격이 내려간 아파트는 떨어진 차액만큼 대출금을 일시불로 갚게 하는 제도였다. 얼마 전까지 갭투자가 유행했다는 게 믿기지 않았다.

"그러게 진작 팔라고 했잖아."

"이제 와서 그런 말 해봐야 뭐해. 여름아, 우리 이제 어떻게 해?"

우리 가족은 팔 수 있는 건 이미 다 팔았다. 빌릴 수 있는 사람한테 돈도 다 빌렸고.

"지금이라도 팔아. 포기하면 쉽잖아."

"지금 팔면 손해가 얼마인 줄 알기나 해? 이 꼴 보려고 죽기 살기로 이자 갚은 줄 아니?"

엄마가 마음만 바꾸면 방법이 없는 것도 아닌데 왜 고집을 부리는지 모르겠다.

"아파트는 절대 포기 안 해. 외환위기 때도 그렇고 금융위기 때도 그랬잖아. 아파트하고 땅은 절대 배신 안 해."

아파트에 대한 엄마의 믿음은 무서울 정도였다. 아마 죽을 때까지 바뀌지 않을 것이다.

"나더러 뭘 어쩌라고?"

엄마는 답답해서 전화했다고 대꾸했다. 그러더니 유소년 축구클럽 코치 자리라도 알아보는 게 어떻겠냐고 떠보는 것이다.

"일 안 한다고 했잖아."

나는 엄마처럼은 살기 싫었다.

*

해가 뉘엿뉘엿 넘어갔다. 우리는 거주자 우선 주차장에 세워둔 스포츠카에 앉아서 은찬이 삼겹살을 사 들고 오기를 기다렸다. 오랜만에 홈쇼핑 일이 잡힌 은찬은 지금쯤 러닝머신 위에서 뼈 빠지게 뛰고 있을 것이다. 세휘는 카레이서라도 된 것처럼 방정맞게 핸들을 돌리는 시늉을 했다. 나는 세휘가 모아둔 쓰레기 더미에서 찾은 동그란 뿔테 안경을 썼다. 도수가 맞지 않아 세상이 빙글빙글 돌았다.

"에어컨이라도 틀어봐."

나는 오래전에 기름이 떨어진 걸 알고 있었다.

"바닷바람이 이렇게 시원한데 뭔 에어컨?"

세휘는 진짜 해안도로를 질주하며 시원한 바람을 맞는 표정이었다.

"얼음 왕창 넣은 콜라만 있으면 완벽한데. 며칠 못 마셨더니 손이 다 떨려. 찬이가 콜라도 사 올까?"

"너 중독이야. 콜라에 마약 성분 들어 있다는 얘기 못 들었어?"

"설마."

"콜라의 주요 성분이 뭔지 아무도 모른대. 영업비밀 어쩌고 하면서 본사에서 오픈을 안 해. 왜 안 하겠어? 거기에 사람들한테 해로운 뭔가가 들어 있다는 거지."

"그거 다 가짜 뉴스야. 문제가 있는데 어떻게 지금까지 판매가 되냐. 말도 안 되는 소리."

나는 종종 생각했다. 운동하면서 마신 엄청난 양의 이온

음료 때문에 내가 이상해진 게 아닌가 하고. 가공식품에 들어 있는 산화제, 방부제, 합성 첨가물이 문제는 아니었을까. 유전자변형식품은 또 어떻고. 신선한 과일과 채소를 먹을 수 없게 된 게 사람들 말처럼 우리가 게으르기 때문일까?

"찬이다."

세휘가 손가락으로 골목을 가리켰다. 골목 초입에 은찬이 들어서는 것이 보였다. 은찬은 붉은 노을을 등진 채 어스름을 뚫고 런웨이를 걷듯 당당하게 걸어왔다. 세휘하고 나는 눈을 동그랗게 뜨고 그 광경을 뚫어져라 쳐다보았다. 은찬의 양손에 묵직한 봉지가 들려 있는 것이 보였다. 오랜만에 고기 맛을 보겠구나. 신이 났다. 우리는 환호성을 지르며 자동차에서 뛰어내렸다.

*

종일 굶었다. 청년 배당은 사흘 후에나 나왔다. 배가 고파서 짜증이 났다. 거기에다 날까지 더워서 좁은 옥탑방은 지옥으로 변했다. 사소한 문제로 세휘하고 주먹다짐까지 했다. 물론 세휘가 일방적으로 맞았지만. 세휘는 힘이라곤 먹고 죽으려 해도 없었다. 운동으로 다져진 날 이길 생각조차 하지 않았다. 사실 그 애는 개미 한 마리 못 죽이는 새

가슴이었다. 세휘가 유일하게 하는 살생은 모기하고 파리 죽이기였다.

이튿날은 배가 고파 싸울 힘도 없었다. 땀을 삘삘 흘리면서 텔레비전만 봤다. 은찬이 축가 아르바이트를 하고 뷔페에서 모닝빵 세 개를 몰래 들고 왔다. 세휘하고 나는 은찬이 준 모닝빵을 금세 먹어치웠다.

은찬이 물었다.

"내 빵 누가 먹을래?"

돼지 같은 놈. 뷔페에서 혼자만 포식하고 겨우 모닝빵 세 개를 훔쳐 온 은찬이 미웠다. 아침에 세휘가 비닐봉지까지 듬뿍 챙겨 줬건만, 그 정성을 생각해서라도 더 집어 왔어야 했다. 집에서 쫄쫄 굶고 있을 우리는 안중에도 없는 것이 분명했다.

"찬아, 나 먹고 싶어."

세휘가 불쌍한 표정을 지어 보였다. 나는 세휘보다 더 불쌍한 표정을 지으려 노력했다. 눈물 한 방울이 절실했는데 눈물은 끝내 나오지 않았다.

"너희 둘 싸우지 않게 내가 정확하게 이등분해 줄게."

은찬이 정신을 집중해서 모닝빵을 둘로 나눴다. 은찬이 빵을 나눠 줬다.

"여름이 빵이 더 크잖아."

세휘가 발끈했다. 세휘가 그렇게 말하자 내 빵이 미세하게 더 커 보였다. 세휘는 은찬에게 따지기 시작했다.

"찬이 넌 항상 그랬어. 나보다 여름이한테 더 관대했다고. 저번에 바나나킥 먹을 때도 그랬어. 여름이는 통통한 군고구마 같은 바나나킥으로만 주고 난 빼빼로 같은 바나나킥으로만 줬잖아."

억지도 이 정도면 병이다.

"알았어. 둘이 바꿔."

은찬은 질린 표정으로 말했다. 그 말과 동시에 나는 모닝빵을 입에 넣어버렸다. 이로써 나는 세휘보다 더 큰 빵을 먹은 것이 되고 말았다. 은찬은 빵을 가져다주고도 온갖 욕을 다 먹었다. 세휘는 울상이 되었고 은찬은 난감해했다. 만족하는 사람은 나뿐이었다.

"두 번 다시 뷔페에서 음식 가져다주나 봐. 고마운 것도 모르고. 배가 고파서 말도 못 하더니 내가 챙겨다 준 빵 먹고 나를 공격해?"

은찬은 화가 단단히 난 듯했다. 은찬이 더 화가 나기 전에 확실히 해둘 일이 있었다.

"은찬아, 알바비 받은 거 있잖아, 그거로."

은찬이 내 말을 자르고 말했다.

"너희가 벌어서 써. 그만 빈대 붙고."

은찬은 벽이 흔들리도록 세게 문을 닫고 나가버렸다. 은찬의 선글라스가 망가진 선풍기 위에 놓여 있었다. 늦은 오후지만 태양은 아직 위세가 등등했다. 얼굴이 타는 걸 싫어하는 은찬은 선글라스가 필수품이었다. 나는 은찬의 선글라스를 들고 옥탑방 밖으로 나갔다. 은찬이 골목을 돌아서 걸어가는 게 보였다.

"은찬아, 은찬아! 여기 선글라스 있어. 은찬아!"

은찬은 그냥 가버렸다. 나는 그 자리에 주저앉았다. 여전히 볕이 뜨거웠다.

"우리가 너무했나?"

내 옆에 와서 앉으며 세휘가 물었다.

"내가 왜? 네가 너무한 거겠지."

말은 그렇게 했지만 두 사람한테 다 미안했다.

"사장님들은 나의 어떤 점이 그렇게 맘에 안 들어서 안 뽑아주는 걸까? 나도 알바하고 싶다. 돈 벌어서 콜라 사 먹고 싶어. 삼겹살도 먹고 싶고, 치킨도 먹고 싶고, 회도 먹고 싶고, 족발도 먹고 싶고, 보쌈도 먹고 싶고……."

먹고 싶은 게 죄다 고기다. 세휘가 고기를 그렇게 좋아했었던가? 원래 세휘는 입이 짧은 아이였다. 콜팝 서너 개, 떡볶이 조금, 닭꼬치 한두 입만 먹어도 느끼하다고 콜라를 사 마시던 아이였다. 식욕은 본능의 영역이 아니라 인내의 영역인지도 모르겠다.

"우리 알바 구할래?"

"내가 왜?"

축구선수 생명이 끝나고 결심했다. 평생을 일 안 하고 빈둥거리며 살겠다고. 일을 하려고 하면 무릎이 먼저 욱신거렸다.

"너희가 축구 안 하면 뭐 해 먹고 살래? 막말로 이 나이에 공부할 거야, 장사할 거야. 축구가 밥이고 축구가 신이야. 무조건 뛰어."

이러면서 코치는 틈만 나면 골프채로 엉덩이를 때렸다. 골프도 치지 않는 코치가 골프채를 어디서 구해 왔는지가 늘 궁금했다. 공을 차던 사람은 도구를 이용해서 공을 움직이는 것을 싫어했다. 나는 볼링만 치면 그렇게 화가 났다.

"나는 알바 구할 거야. 배고파서 더는 못 살겠어."

면접에서 번번이 떨어지는 주제에 어떻게 아르바이트를 구한다는 건지 모르겠다. 세휘는 날이 갈수록 현실감각이 떨어지고 있었다. 덥고 배고픈 것보다 춥고 배고픈 것이 더 견디기 힘들었다. 나도 쌀쌀해지기 전에 아르바이트를 해볼까 싶었다. 돈이 필요했다. 월세 낼 돈, 식비로 사용할 돈. 무소유의 삶을 살고 있다지만 이 두 가지를 할 돈은 있어야 했다. 세휘의 말처럼 아르바이트를 알아봐야겠다.

'이번에 청년 배당을 받으면 깨끗한 티셔츠를 사 입고 면접 보러 가야지.'

그렇게 생각하던 나는 화들짝 놀라 고개를 흔들었다. 잠시지만 또 열심히 살 생각을 한 내가 참 싫었다.

*

사흘을 굶었더니 후각이 모든 감각을 지배하기 시작했다. 창문으로 신김치 냄새가 올라왔다. 묵은지가 맛있게 곰삭을 때 풍기는 특유의 톡 쏘는 시큼한 냄새였다. 주인아줌마가 김치냉장고를 연 것이 분명했다. 나는 창밖으로 고개를 내밀었다. 콧구멍을 벌렁거리며 있는 힘껏 냄새를 빨아들였다. 고소한 참기름 냄새, 짭조름한 진간장 냄새까지. 이것은 비빔국수를 만드는 냄새였다.

주인아줌마의 집 앞에 가 앉았다. 맛있는 냄새가 진하게 풍겨왔다. 젓가락이 비빔국수를 휘감으면서 달그락거리는 소리, 후루룩 비빔국수가 입 속으로 빨려 들어가는 소리, 비빔국수가 치아 사이에서 미끌미끌 씹히는 소리, 시원한 열무김치를 아삭아삭 씹는 소리. 침이 계속 나왔다.

비빔국수 한 접시만 주세요. 이 말이 목구멍에 걸려서 나오지 않았다. 월세라도 냈으면 말이라도 해보는 건데. 월세만 제때 냈으면 주인아줌마가 먼저 비빔국수를 권했을지 모른다. 총각들 날도 덥고 해서 비빔국수 만들었는데 한 젓가락 먹어봐, 라면서. 비 오는 날 부침개를 만들어서 가져다준 적이 있었다. 월세를 잘 내던 시절 주인아줌마는 우리한테 친절했었다.

냄새만 실컷 맡고 옥탑방에 올라왔더니 세휘가 벽에 기대앉아 있다. 기운이 하나도 없어 보였다. 굶어 죽기 직전의 모습이었다.

"세휘 죽었니?"

"아니."

세휘는 타이어에서 바람 빠지는 소리를 냈다.

"하루만 더 참아. 내일 배당 나오니까."

"찬이는 왜 안 오는 거야? 우리가 굶어 죽어도 좋다는 거지. 나쁜 놈."

세휘는 울컥했다. 은찬이가 부모도 아닌데 언제까지 그 애한테 빌붙어 살 수는 없었다. 은찬이 은근히 우리를 무시하는 걸 알았다. 그게 기분 나쁘진 않았다. 다만 은찬이 우리를 떠나서 두 번 다시 찾지 않을까 봐 그게 두려웠다. 세휘하고 나는 확실히 현실감각이 부족했다. 언제부터 그렇게 됐는지는 모르지만 그랬다. 은찬은 우리한테 없어서는 안 될 존재였다.

"세휘야, 그때 생각나?"

언제? 세휘가 눈으로 물었다. 말할 기운도 없는 모양이었다.

"우리 셋이서 사탕 도둑 잡던 날 말이야."

"우리 처음 만났던 날이잖아."

세휘의 입가에 미소가 번져나갔다.

"찬이 보고 싶다."

"나도."

그 기억은 언제 떠올려도 기분 좋았다.

"일어나. 나가자."

"어딜?"

"일단 따라와봐."

나는 세휘를 일으켜 세웠다.

헌혈의 집에 갔다. 헌혈하면 영화표를 주던 시절이 있었다고 한다. 더 옛날에는 빵과 우유를 줬었고. 요즘은 남아도는 걸 사은품으로 줬다. 배추가 작황이 좋으면 배추를 줬고, 수온이 올라가서 오징어가 잘 잡히면 오징어를 줬다. 나는 작년에 헌혈하고 겨울 코트를 받았다. 평년보다 기온이 높아서 겨울 의류가 거의 팔리지 않고 재고로 남았기 때문이었다.

세휘가 물었다.

"사은품 뭐 줘요?"

직원이 책이라고 대답했다. 세휘가 작게 탄식했다. 요즘 책이 안 팔리는 모양이었다. 기운이 다 빠졌다. 휴지나 세제라면 중고 장터에 내다 팔면 되고 토마토나 오이면 먹기라도 할 텐데, 책은 대체 어디에 써야 할지 난감했다. 이왕 온 거 헌혈증이라도 챙기게 헌혈을 할 생각이었다. 세휘는 빈혈이 있어서 헌혈이 안 된다고 했다. 그 말을 들은 세휘의 희고 홀쭉한 얼굴이 더 창백해졌다. 나는 아주 건강한 상태라 헌혈을 해도 괜찮다고 했다.

"여름아, 배고파."

"조금만 더 참아. 책 팔아서 빵 사 먹자."

헌혈하고 헌혈증과 소설책을 받았다. 자기개발서나 동화책은 없냐고 물었다. 직원이 소설책뿐이라고 했다. 어쩔 수 없이 소설책을 받아서 나왔다. 우리는 지하철역 앞에서 헌혈증과 책을 사줄 사람을 찾았다. 몇몇이 헌혈증에 관심을 보였지만 거래는 이뤄지지 않았다. 책을 들춰보는 사람은 아무도 없었다.

"여름아, 네 얼굴이 두 개로 보여."

배가 빈 데다 땡볕을 걸어서 그런 것 같았다. 나는 세휘를 그늘에 앉혔다. 집에서 들고나온 물도 다 마시고 없었다.

"어머니 식당에 가면 안 돼?"

세휘는 땀을 많이 흘렸고 곧 쓰러질 듯했다.

"안 되는 거 알면서."

그렇게 말했지만 마음이 너무 안 좋았다. 은찬이한테 전화를 걸었다. 전원이 꺼져 있었다.

*

엄마가 일하는 식당에 찾아갔다. 엄마는 내가 식당에 오는 것을 좋아하지 않았다. 사장이 싫어한다는 말이 더 정확하겠다. 나뿐만 아니라 오빠, 아빠 다 해당되었다. 공짜로 먹어도 돈을 내고 먹어도 눈칫밥이었다. 아빠가 원양어선을 타기 전에는 가족이 모두 모였었다. 최근에 오빠가 트럭 운전을 시작하고는 엄마하고 나만 밖에서 따로 만났다. 오늘은 엄마를 만나는 날이 아니었다. 세휘 때문에 어쩔 수 없이 왔다. 엄마한테 전화를 여러 번 했는데 바쁜지 받지 않았다. 결국 연락도 없이 세휘를 데리고 식당에 들어갔다.

"웬일이야?"

엄마의 첫마디였다. 나는 서러워서 말이 안 나왔다. 엄마가 내 손을 잡아끌고 밖으로 나갔다. 눈치 없는 세휘는 식탁에 앉아 수저를 놓고 컵에 물을 따르고 있었다.

"무작정 들이닥치면 어떡해."

엄마는 눈을 흘겼다.

"엄마, 미안."

창문 너머에서 사장이 우리 모녀를 쳐다보는 시선이 매서웠다.

"진짜 왜 왔어. 생전 안 그러더니. 뭔 일 생겼어? 솔직하게 말해봐. 엄마한텐 괜찮아."

"배고파서 온 거지, 일은 뭔."

"네가 그렇지."

엄마가 내 등을 사정없이 내리쳤다. 나는 빙그레 웃었다. 엄마의 얼굴이 좀 펴졌다.

세휘는 유난히 쩝쩝거리며 국물을 떠먹었다. 엄마는 밀린 설거지를 했다. 그릇이 부딪치는 소리가 간간이 들릴 뿐 식당은 조용했다. 저녁 장사 전이라 홀은 한산했다. 설렁탕은 아무 맛도 나지 않았다. 나는 자꾸만 소금을 추가했다.

"무슨 소금을 그렇게 많이 넣어."

"밍밍해서."

세휘가 내 그릇의 설렁탕을 한 숟가락 떠먹었다.

"아이, 짜. 퉤퉤."

세휘는 침을 뱉는 시늉을 했다.

"물이라도 타."

"됐어."

나는 그대로 먹었다. 짜든 뜨겁든 상관없이 국물은 목구멍으로 잘 넘어갔다. 사장은 계산대에 앉아서 우리 테이블에 불꽃 레이저를 쏴댔다. 사장은 평소보다 눈치를 더 줬는데 그만한 이유가 있었다. 오빠가 가게에서 자고 가는 것을 사장한테 걸린 것이다. 사장은 한 번만 더 걸리면 해고라고 엄포를 놓았다. 그날부터 사장은 냉장고 문을 자물쇠로 잠그고 퇴근했다. 엄마는 사지가 다 바들바들 떨린다고 말했다. 엄마한테 해고란 아파트가 공중분해된다는 말과 같았다.

사장은 끝까지 한마디 말이 없었다. 나는 밥값 대신 헌혈증과 소설책을 계산대에 올려놓고 식당을 나왔다.

"다신 오지 마."

급하게 뒤쫓아 나온 엄마가 박하사탕 한 줌을 주머니에 넣어주며 말했다.

"엄만 전화나 그만해."

나는 톡 쏘아주었다.

"기집애 성질머리하고는. 성질대로 악착같이 축구를 하지 그랬니."

나는 기가 질려서 도망치듯 그 자리를 떠났다. 프로가 되기에 노력이 부족했다는 말을 귀에 못이 박히도록 들었다. 무슨 노력을 얼마나 더 하란 말인가. 죽을 만큼 땀 흘리고도 욕을 먹어야 한다면 안 하고 말지. 열심히 하지 않았다면 비난이 이토록 억울하진 않을 것이다. 과거의 노력이 주마등처럼 스쳐 지나갔다. 옆구리가 뻐근했다. 전후반, 연장까지 풀로 뛰고 났을 때처럼 몸이 가라앉았다. 나는 가끔 가만히 앉아 있을 때도 경기를 뛰는 것처럼 숨이 차고 근육이 아픈 경험을 했다. 절단된 사지에서 통증을 느낀다는 환상통과 비슷했다. 내 삶에서 가장 큰 비중을 차지하던 것이 빠져나가서 그런 것이리라. 축구는 친구였고, 꿈이었고, 유일하게 좋아하던 일이었다.

"괜찮아?"

"뭐가?"

세휘는 내 눈치를 살폈다.

"어머니 말씀 맘에 담아두지 마. 그런 뜻 아닌 거 너도 알잖아."

"됐거든. 알지도 못하면서 아는 척은."

"이거 어머니가 전해 주래."

세휘가 꼬깃꼬깃 접힌 만 원짜리 두 장을 전해주었다.

"이자 낼 돈도 없다면서."

나는 혼자 중얼거렸다.

"뭐라고?"

"아냐, 아무것도."

나는 돈을 주머니에 구겨 넣었다.

"미안. 괜히 내가 식당에 가자고 해서."

"됐어. 맛있게 먹었으면 됐지 뭐."

우리는 청년들에게 지급되는 무상교통카드를 찍고 지하철을 타러 내려갔다. 열차 안에는 빈자리가 없었다. 노약자석과 가장 먼 곳에 자리를 잡고 섰다. 빈자리가 나면 바로 앉을 수 있게. 언제부턴가 짧은 거리를 가더라도 서서 가는 게 싫었다. 나는 눈에 불을 켜고 빈자리를 찾아서 앉았다. 노인들은 젊은 놈이 자리를 밝힌다고 타박을 줬지만 못 들은 체했다. 요즘은 지하철에서 노인 아닌 사람을 찾기가 어려웠다. 나는 임산부나 영유아한테는 자리를 양보할 용의가 얼마든지 있었는데 당최 눈에 띄지를 않았다. 물건이든 사람이든 희소하다는 건 대접받아 마땅했다.

젊은 여자가 가방을 챙겼다. 곧 자리에서 일어나려는 듯 몸을 틀었다. 나는 재빨리 여자 앞으로 자리를 옮겼다. 지하철이 멈추고 여자가 자리에서 일어났다. 나는 냉큼 빈자리에 가 앉았다. 빈자리를 보고 달려온 중년 여인보다 한 발 앞섰다. 중년 여인은 몹시 아쉬워하며 내 앞에 서서는 다리가 아프네, 어쩌네 중얼댔다.

“일도 안 하는 젊은것들은 지하철 무료로 태워주면 안 돼. 저것들 때문에 노인 연령이 자꾸 늦춰지잖아. 나는 언제나 공짜로 지하철 타나.”

“아줌마는 아들도 없어요?”

나는 참지 못하고 물었다.

“누구? 나? 내가 왜 아들이 없어. 우리 아들 주민센터 공무원이야. 너희처럼 빈둥거리면서 세금으로 먹고살지 않는다고. 넌 부모도 없냐? 어른한테 자리 양보를 안 해?”

“우리 여름이도 다리 아파요. 축구 하다 다리가 아주 박살이 났거든요. 병원에 두 달이나 입원해 있었어요.”

세휘가 거들고 나섰다.

“멀쩡해 보이는구먼.”

나는 은근히 아줌마를 협박했다.

“세휘야, 우리 주말에 시청 앞에서 열리는 집회에 나가자. 철 밥통 공무원들 구조조정 좀 하라고. 우리나라가 망한 게 공무원들이랑 군인들 월급이랑 연금 주느라 그랬다잖아.”

중년 여인은 끙, 앓는 소리를 내고는 자리를 옮겼다.

*

옥탑방에 불이 들어와 있었다.

"찬이 왔나 보다."

세휘는 삼각김밥이 든 봉지를 흔들며 계단을 뛰어 올라갔다. 나는 천천히 올라갔다. 낮에 피를 뽑아서 그런지 힘이 없었다. 옥탑에서 내려오는 주인아줌마를 계단에서 마주쳤다. 나는 꾸벅 인사했다.

"이제 들어와?"

"네."

"밥은 챙겨 먹고 다니니? 나도 그렇지만 젊은 애 얼굴이 그게 뭐야. 인생 뭐 있니. 삼시 세끼 맛있게 먹는 거, 그게 전부야. 총각도 기운 내."

주인아줌마는 내가 총각이 아닌 걸 뻔히 알았다. 그런데도 매번 총각이라고 불렀다. 주인아줌마는 혀를 끌끌 차면서 계단을 내려갔다. 이사한 지 얼마 안 됐을 때만 해도 주인아줌마는 내게 호감을 가지고 있었다. 몇 살이냐, 무슨 일 하느냐, 학교는 어디를 나왔느냐. 줄줄이 질문해댔다. 나중에 안 사실이지만 나를 사윗감으로 염두에 두고 한 질문들이었다. 주인아줌마는 처음에 이것부터 물었어야 했다.

'자네 남잔가, 여잔가?'

맛있는 냄새가 계단 밑까지 풍겼다. 나는 크게 숨을 들이쉬었다. 떡볶이 냄새가 났다. 은찬이 사 들고 온 모양이었다. 나는 성큼성큼 계단을 올라갔다. 설렁탕은 이미 소화가 끝났다. 찻상에 떡볶이와 순대, 튀김이 차려져 있었다. 세휘가 좋아하는 콜라도 페트병으로 준비해놓았다. 완벽한 만찬에 한 가지 부족한 것이 있다면 그것은 바로 선풍기였다. 이 더위는 언제까지고 계속될 것만 같았다. 나는 손부채를 부치며 안으로 들어갔다. 방 안의 공기가 무거웠다. 은찬은 분위기가 심각했고 세휘는 은찬의 눈치만 보고 있었다. 진지한 건 정말이지 싫었다.

"뭔 일이야?"

나는 바닥에 자리를 잡고 앉으며 물었다.

"주인집 아줌마가 이번 달 말까지 짐 빼라고 했대."

세휘가 말했다.

"난 또. 아줌마가 그러는 게 어디 하루 이틀이야. 정 갈 데 없으면 하우스 마루타 하면 되지, 뭔 걱정이야."

"이번엔 달라."

은찬이 목소리를 깔았다. 이럴 때 보면 은찬은 가수가 아니라 배우를 했어도 좋았을 뻔했다. 나는 은찬이 다음 말을 할 때까지 기다렸다. 은찬도 그렇고 계단에서 마주친 주인아줌마의 표정이 마음에 걸렸다. 무슨 일인가 벌어진 것이 분명해 보였다. 어째서 세상은 나를 가만히 내버려 두지 않는 것일까.

우리가 사는 집이 경매에 넘어갔다. 역시나 내 생각대로 빚내서 집 사던 시절에 대출을 왕창 받아서 사들인 다가구 주택이었다. 경매에 당첨된 새 주인이 주인아줌마한테 이번 달 안으로 세입자들을 모두 내보내면 사례하겠다고 했다는 것이다. 사례금이 정확히 얼마인지는 아무도 몰랐지만 상당한 액수라는 말이 퍼졌다. 슈퍼 아줌마의 입을 통해 말이 퍼져나가자, 이사를 준비하던 세입자들도 다시 주저앉는 분위기였다.

*

부동산에서 사람이 찾아왔다.

"계약 기간 아직 남았는데요?"

나는 으름장을 놓았다. 세휘보다 몇 살 많아 보이지 않는 남자가 계약은 이미 오래전에 파기되었다고 했다. 두 달치 월세만 내지 않아도 계약 파긴데 우리는 너무 오랫동안 월세를 내지 않았다면서. 밀린 월세는 받지 않을 테니 냉큼 나가라고 엄포를 놨다.

"우리보다 어린 거 같지 않아? 재수 없어."

나는 세휘의 귀에 대고 말했다.

"거, 몇 살이슈?

나는 세휘의 말투가 마음에 들지 않았다. 오래전 드라마에 나오는 꼰대 말투 같았다. 그래서 세휘의 옆구리를 쿡 찔렀다.

"앗, 간지러워."

세휘는 옆구리를 잡고 자지러졌다. 남자는 쉰두 살이라고 했다. 외모를 보고 나이를 판단하던 시절은 완전히 끝났다.

"아, 형님이시구나. 아니, 삼촌에 더 가까우시지. 삼촌, 한 번만 봐주세요."

세휘는 바로 꼬리를 내렸다. 남자가 다시 강조했다. 제날짜에 짐을 빼지 않으면 민형사상의 책임을 물을 것이라고. 나는 남자가 좀 멋있어 보였다. 하지만 바로 마음을 추슬렀다. 저 사람은 우리한테서 집을 뺏으려는 악한이었다.

"어디 마음대로 해보세요."

나는 쉽게 나가지 않겠다는 뜻을 확실히 보여주었다. 남자가 떠나고 세휘는 이를 갈았다.

"아주 얍삽하게 생겼어."

"삼촌 한 번만 봐주세요. 장난하냐?"

"여름아, 우리 어디로 가? 아저씨 장난 아니야. 나 좀 무서웠어."

"가긴 어딜 가. 여기가 우리 집인데."

나는 옥탑방에서 나갈 생각이 눈곱만큼도 없었다. 갈 곳도 없었고.

저녁에 은찬이 닭강정을 사 들고 왔다.

"어디로들 갈 거야?"

은찬은 생각이 많아 보였다. 세휘와 내가 걱정돼서 그러는 것이다. 은찬은 놀이동산 퍼레이드 팀과 계약 얘기가 오갔다. 다른 조건은 평범한데 숙소가 오피스텔이라 은찬이 더 적극적이었다.

"진짜로 하우스 마루타가 될 건 아니지? 절대 안 된다."

나는 말머리를 돌렸다.

"최종 합격한 거야?"

"인터뷰가 남았는데 웬만하면 다 통과래."

"찬이 정도면 당연히 되겠지."

세휘가 애원조로 말했다.

"찬아, 우리도 데리고 가면 안 돼?"

은찬은 난감한 표정이 되었다.

"숙소를 나 혼자 쓰는 게 아니라서. 얘들아, 미안해."

항상 그랬지만 은찬이 미안할 일은 아니었다.

며칠 뒤 놀이동산에 최종 합격한 은찬이 먼저 옥탑방을

떠나게 되었다. 이사 날도 여전히 더웠다. 소나기라도 한줄기 내려주면 좋으련만. 기다리는 건 뭐든 늦게 오거나 안 왔다.

"잘 가."

나는 은찬을 보고 웃었다.

"쉬는 날 놀러 올게."

"소개팅시켜준다는 약속 꼭 지켜."

세휘가 은찬의 손을 끌어다가 손가락을 걸었다. 나는 허기 같은 상실감을 느꼈다. 방 안에는 쓰레기만 잔뜩 쌓여 있었다. 내가 쓰레기를 버리는 속도보다 세휘가 쓰레기를 들여오는 속도가 더 빨랐기 때문이다. 은찬이 쓰레기라면 세휘가 당장 가서 주워 올 텐데. 조금 전에 떠난 은찬이 벌써부터 보고 싶었다. 나는 좋게 생각하기로 마음을 바꿨다. 이제 언제든 놀이동산에 가서 신나게 놀 수 있다고.

*

태풍이 북상 중이었다. 예년보다 태풍이 자주 발생했는데 대부분 한반도를 비켜 가서 아직 큰 영향을 준 태풍은 없었다. 기상 캐스터가 태풍 대비를 철저히 하라고 당부했다. 뉴스특보가 끝나고 곧이어 태풍 대비 행동 요령을 알려주었다.

'물에 잠긴 도로는 걸어가지 맙시다. 대피할 때는 수도와 가스 밸브를 잠그고 전기 차단기를…….'

내가 숙지해야 할 사항은 없었다. 나는 텔레비전 전원을 껐다. 하늘은 여전히 구름 한 점 없이 맑았다. 어디선가 불어온 바람이 현관문에 달아놓은 창문 발을 흔들고 지나갔다. 바람이 시원했다. 어느 틈엔가 여름이 지나가고 있었다.

밤새도록 비바람이 몰아쳤다. 나는 비바람이 잠잠해진 새벽녘에야 겨우 잠들 수 있었다. 아침에 눈을 떴더니 언제 태풍이 왔냐는 듯이 햇살이 방 안 가득했다. 세휘는 뉴스를 보고 있었다.

"언제 일어났어?"

"잠수교가 넘쳤어."

자주 있는 일이었다.

"아파트 베란다 창문이 부서지고."

바람이 많이 불었나 보다.

"하수도가 역류해서 침수된 가구도 있대."

나는 세휘의 말을 받아서 말했다.

"산사태도 났을 거고, 간판도 떨어지고, 감전도 있고. 넌 그걸 꼭 뉴스를 봐야 아니? 늘 있는 일인데."

우리의 미래도 뻔하게 흘러가겠지. 그 생각이 들자 우울해졌다. 세휘는 눈동자가 빨갰다. 밤새 잠을 안 자고 뉴스를 봤다고 했다.

"걱정이 돼서. 혹시 우리 방 잘못될까 봐."

"걱정도 팔자다, 너는."

옥상에 나갔더니 하늘이 너무 깨끗했다. 하루 사이에 바람이 완전히 변했다. 가을이 오고 있었다. 나는 휘파람을 불며 바람에 넘어진 건조대를 바로 세웠다.

"나 불렀어?"

세휘가 창문으로 고개를 내밀었다.

"청년 배당 받은 거 남았는데 햄버거 먹으러 갈래?"

"좋아, 후식으로 수박바도 먹고."

*

세입자들이 한 집, 두 집 이사를 나갔다. 절대 이사하지 않을 것처럼 버티던 반지하방 아저씨도 이사했다. 이사비를 잘 받았는지 표정이 밝았다. 부동산 남자가 또 옥탑방에 찾아왔다.

"이제 옥탑만 남았어요."

그 말은 굉장히 위협적으로 들렸다. 우리 말고 아무도 없다니. 헬멧도 쓰지 않고 오토바이를 타고 고속도로를 달리는 기분이랄까. 하여튼 좀 무서웠다.

"언제 나갈 겁니까?"

"삼촌, 우리는 갈 데가 없어요."

세휘가 불쌍한 목소리를 짜내며 말했다.

"안 나갈 건데요."

어디로든 가야 할 것을 알면서 그렇게 말했다. 이사비를 좀 챙겨주려나. 우리한테만 이사비 얘기가 없었다. 어리다고 무시하는 건가 싶기도 했다.

"옥탑 때문에 공사가 많이 미뤄졌어요. 우리도 더는 봐드릴 수 없어요. 이제 혼자 남았잖아요."

그 말은 협박이었다. 부동산 남자는 우리를 두고 옥탑에서 내려갔다.

"여름아, 우리 이제 어쩌지?"

"어쩌긴 뭘 어째. 그냥 여기 계속 있으면 되지."

나는 성급하게 마음을 굳혔다.

*

방 밖으로 나가지 않은 지 일주일이 지났다. 더위가 가셔서 그나마 견디는 게 수월했다. 사람들이 방으로 들어오지 못하게 세휘가 모아놓은 물건들로 창문과 출입문을 단단히 막아놓았다. 햇볕 한 줄기 들어오지 않는 방 안은 대낮에도 어둠침침했다. 이상하게 찾아오는 사람이 아무도 없었다.

세휘가 물었다.

"우리 그만 나갈까?"

"갈 데 있어?"

"없어."

우리는 안 나가는 게 아니라 못 나가는 거였다. 나는 히스테리가 심해졌다. 햇빛을 자주 못 보면 사람이 이상해진다는데 나도 그런 것일까. 아무것도 안 하고 아무것도 아닌 그림자 같은 인간이 되고 싶었다. 하지만 어느 순간 또 열심히 사는 인간이 되어 있었다. 방을 지키겠다고 이렇게 열심히 할 필요가 있는 것일까, 의문이 들었다. 포기할까 잠시 생각했다. 아니지. 일주일이나 버텼는데 여기서 멈추면 그간의 노력은 물거품이 되고 만다. 못 먹어도 고. 달리는 호랑이의 등에서 내릴 수 있는 유일한 순간은 호랑이가 지쳤을 때뿐이다.

예고도 없이 전기가 끊겼다. 텔레비전을 볼 수도 형광등을 켤 수도 없었다. 밤이면 아무것도 보이지 않았다. 한마디로 눈에 뵈는 게 없는 상태였다. 세휘와 나는 핸드폰 불빛에 의지해 하루를 더 버텼다. 배터리가 다 되어 핸드폰이 꺼졌다. 시간 감각이 사라졌다. 한 시간이 지났는지, 하루가 지났는지, 한 달이 지났는지 모르겠다.

은찬이 찾아왔다. 좁은 욕실 창을 통해 서로의 얼굴을 볼 수 있었다. 나는 은찬의 얼굴을 자세히 보려고 창에 바짝 얼굴을 들이댔다. 세휘는 창틀에 매달리다시피 했다. 욕실 창을 통해 은찬이 먹을 것을 넣어줬다. 세휘는 은찬이 건네준 봉지를 뒤졌다. 은찬은 얼굴이 좀 까칠해졌다.

"얼굴 상했어. 살도 빠진 거 같고."

"처음 하는 일이기도 하고 에너지 소모도 많아서 그래. 그래도 재밌어. 내 걱정은 마."

은찬과 이러고 얘기를 하니까 꼭 교도소에 갇혀서 면회 온 사람을 만나는 것 같았다.

"필요할 거 같아서."

은찬이 보조배터리 두 개를 건네줬다. 우리한테 꼭 필요한 물건이었다.

"건물 입구에서 부동산 남자를 만났는데 이번에는 수도를 끊겠다는데."

슈크림 빵을 크게 한 입 베어 문 세휘의 눈이 휘둥그레졌다.

"수도가 끊기면 똥은 어떻게 싸."

세휘는 그만 나가자는 눈빛을 내게 보냈다. 나는 그 눈빛을 무시했다.

"은찬아, 고마워. 여러 가지로."

"친구끼리 그런 말이 어딨어."

은찬이 그만 포기하라는 말을 하지 않아서 좋았다.

"필요한 거 생기면 문자 줘. 쉬는 날 또 올게."

*

엄마한테 전화가 왔다. 뒤늦게 소식을 전해 들은 모양이었다.

"그래, 얼마나 받아낼 수 있을 거 같니?"

엄마답지 않은 다정한 목소리에 뒷덜미와 겨드랑이에 소름이 돋았다.

"될 수 있는 한 많이 받아낼 생각으로 해. 대충 무르게 넘어가지 말고."

엄마는 혼자 김칫국을 마셨다.

"너희들 아픈 데는?"

"없어."

"체력이야 널 따라갈 사람이 없지. 여름아, 힘들어도 무조건 버텨. 오래 버틸수록 많이 받아내는 거야."

엄마가 뭔 소리를 하는지 모르겠다. 나는 그냥 여기서 세휘랑 편하게 살고 싶은 건데. 사장이 엄마를 부르는 소리가 수화기 너머에서 들려왔다. 엄마는 화장실에 숨어서 전화하는 중이었다. 사장이 오줌도 못 싸게 한다고 엄마가 투덜거렸다.

"여름아, 답답해도 참고 무서워도 참아. 알았지? 최선을 다해서 나오지 말고 버텨."

엄마는 자기가 하고 싶은 말만 하고 일방적으로 전화를 끊었다. 통화하고 나서 기분이 급격하게 나빠졌다. 그래서 나는 세휘한테 시답잖은 농담을 했다.

"방에서 안 나가고 오래 버티기. 이런 것도 기네스북에서 체크할까?"

세휘는 대답하지 않았다. 나는 발을 뻗어 세휘를 툭툭 건드렸다.

"야! 왜 그래?"

세휘는 반응이 없었다. 어젯밤부터 배가 아프다고 그러더니 상태가 더 나빠진 건 아닌지 모르겠다. 병이 나면 골치 아프다. 병원에 가는 날에는 모든 게 끝이었다. 배가 아프다면 맹장염일지도 모른다. 내가 알기로 세휘는 맹장 수술을 받은 적이 없다.

"혹시 나 모르게 맹장 수술 받은 적 있어?"

세휘는 조용했다.

"귓구멍 막혔니?"

내가 그렇게 건강에 신경 쓰라고 타일렀는데 몸 관리를 어떻게 한 것인지 모르겠다.

"아직 배 아파?"

"……."

"뒈졌냐?"

나는 있는 힘껏 발을 뻗어서 세휘의 엉덩이를 걷어찼다. 세휘가 이불 속에서 키득거렸다. 장난을 치자는 신호였다. 나는 리듬을 타면서 말했다.

"우리 세휘 죽었니, 살았니?"

세휘가 벌떡 일어나면서 크게 소리를 질렀다.

"살았다!"

나도 모르게 비명을 질렀다. 알면서도 매번 당하는 건 무슨 이유인지 모르겠다. 세휘는 이불을 둘둘 말고 숨이 넘어갈 듯이 웃어댔다.

"재밌냐?"

세휘는 웃음을 겨우 참고 말했다.

"놀란 얼굴이 무지 바보 같아. 어떻게 매번 당하냐."

"배는?"

"배가 왜?"

"아프다고 했잖아."

"똥 눴더니 괜찮아졌어."

"설마 너."

변기가 막혔다. 수도가 끊겼는데 변기를 막아놓으면 뭘 어쩌자는 것인지 모르겠다. 에라 모르겠다. 될 대로 되라지. 나는 벌러덩 자리에 누웠다. 바닥에서 한기가 올라왔다. 나는 데구루루 굴러서 이불 위로 자리를 옮겼다. 계절의 힘이라는 것이 참 무섭다.

*

수도가 끊긴 지 하루 만에 방 밖으로 나왔다. 옥상에는 아무도 없었다. 옥상 난간에서 고개를 빼고 아래를 내려다봤다. 건물 입구에도 아무도 없었다. 우리를 쫓아내거나 감시할 목적으로 최소한 몇 사람은 건물을 지키고 있을 줄 알았다. 그런데 아니었다. 왠지 서운했다. 부동산 남자한테 전화를 걸었다. 남자는 전화를 받지 않았다.

"쌀쌀해."

세휘의 말처럼 반소매를 입기에 추운 날씨였다. 가을옷을 어디에 뒀더라? 잘 둔다고 둔 것 같은데 기억이 나지 않았다. 계절이 바뀔 때마다 옷을 정리하는 건 큰일이었다. 근데 정말 건물에는 아무도 없는 것일까. 사람들은 다 어디로 간 것일까?

"누구 있어요?"

나는 크게 소리쳤다. 기다려도 대답은 없었다.

"여름이 너는 여기 누가 있다고 그래. 그냥 들어가."

세휘가 보챘다. 또 헛짓거리했구나. 뭐 하러 방에 처박혀 있었을까. 곰은 쑥과 마늘을 먹고 인간이 됐다는데 나는 뭐지. 참새가 되어 방앗간을 찾아 날아가면 좋으련만. 역시 열심히 사는 게 아니었다.

"세휘야, 넌 사람 말고 뭐가 되고 싶어?"

"돈 많은 사람."

"아니, 사람 말고 동물이나 식물 중에."

"그중에 꼭 골라야 해?"

"응."

"음…… 난 그냥 사람 할래. 사람이 제일 좋은 거 같아."

그런가. 사람이 제일 좋은 건가. 그렇다면 사람으로 좀 더 살아봐야겠다.

찾아오는 사람이 아무도 없었다. 전기와 수도가 끊긴 집에서 사는 건 불가능했다. 하루가 다르게 악취가 심해졌다. 부동산 남자는 여전히 연락이 안 됐다. 아침에 또 전화했더니 국제전화로 넘어간다는 안내 멘트가 나왔다. 팔자 좋게 해외여행이라도 떠났나 보다.

옥탑방을 떠날 때가 되었다.

"진짜 나갈 거야?"

세휘가 물었다.

"응."

"어디로?"

그건 나도 알 수 없었다.

"짐부터 싸."

배낭과 캐리어 가방에 들어가지 않는 짐은 다 버려야 했다. 3년 전 배낭 하나 달랑 메고 여기에 들어왔다. 돈에 쪼들려서 물건을 산 기억은 거의 없다. 그런데도 버려야 할 짐이 한 무더기였다. 세휘는 챙길 짐과 버릴 짐을 구분 못 해서 쩔쩔맸다. 내가 임의대로 물건을 나눴다. 세휘가 옆에서 우는소리를 냈다.

"그거 필요한 거야."

"시끄러우니까 입 좀 다물어."

윽박을 질렀더니 금세 조용해졌다. 세휘는 권위적인 아버지 밑에서 자라서 그런지 힘으로 내리누르면 수긍을 하고 물러났다. 자동차 트렁크에 짐을 실었다. 차에는 기름이 한 방울도 남아 있지 않았다. 기름을 사야 하는데 주머니에 천 원짜리 한 장 없었다. 우리는 돈을 빌릴 만한 사람을 찾기로 했다. 쉽게 떠오르는 사람이 없었다. 근처에 아는 사람이라고는 집을 뺏기고 옆 빌라로 이사한 주인아줌마뿐이었다.

"빌려줄까? 욕만 먹을 거 같은데."

세휘는 뒤로 빠졌다.

"일단 가."

죽이 되든 밥이 되든 저지르고 봤다. 주인아줌마의 얼굴이 유난히 창백했다.

"급해서 그러는데요, 만 원만 꿔주세요. 꼭 갚을게요."

월세를 내지 않아서 주인아줌마가 집을 잃는 데 일조한 내가 할 말은 아니었다. 주인아줌마가 한심하다는 듯 혹은 갑갑하다는 듯 우리를 쳐다보았다.

"밥은 먹었어?"

"아니요."

주인아줌마가 점심을 차려줬다. 세휘는 감사합니다, 라고 소리치고 밥을 먹었다. 나는 이걸 먹어도 되나 눈치를 봤다. 주인아줌마가 재차 권했고 나는 못 이기는 척 숟가락을 들었다. 어느 순간, 내가 너무 게걸스럽게 먹고 있다는 것을 자각하고 숟가락을 내려놓았다. 돌아가는 길에 주인아줌마가 3만 원을 빌려줬다.

"만 원만 있어도 되는데요."

"사양 말고 넣어둬."

"꼭 갚을게요. 정말 감사합니다."

세휘와 나는 인사를 하고 또 했다.

"안 갚아도 돼. 대신 두 번 다시 찾아오지 마. 한 번만 더 찾아오면 죽여버릴 거야."

주인아줌마가 현관문을 꽝 닫았다.

"아줌마 진짜 고맙다. 그치, 여름아."

세휘는 문에다 대고 인사했다.

"응. 난 아줌마가 좋은 사람이라는 거 처음부터 알고 있었어."

"아줌마는 괜찮다고 하지만 난 아줌마 돈 꼭 갚을 거야. 이자까지 합해서."

일단 주유소에 가야 했다. 걸어서 갈 만한 거리에는 주유소가 없었다. 자동차 대부분이 전기차로 바뀌었기 때문이다. 지하철을 타고 주유소를 찾아갔다. 주유소에 트럭과 노후화된 차들이 길게 줄을 서 있었다. 우리는 사무실로 가서 휘발유를 좀 사고 싶다고 했다.

"차는요?"

아르바이트생이 물었다.

"집 앞에요."

세휘가 대답했다.

"끌고 오셔야죠."

"기름이 한 방울도 없어서 차가 안 움직여요."

"보험 부르면 되잖아요. 긴급 출동 서비스 받아요. 요즘 기름값도 비싼데 이때 보험 안 쓰면 언제 써요."

"보험이 없어요."

"보험이 없어요? 무보험으로 운전하다 걸리면 징역형이에요."

"돈이 없어서 보험에 가입 못 해요."

세휘는 주유원과 만담이라도 나누려는 것일까. 답답해서 내가 치고 들어갔다.

"보험은 우리가 알아서 할 테니까 신경 쓰지 마시고요, 기름이나 주세요."

"몇 리터나요?"

"3만 원어치 주세요."

기름을 사서 지하철을 타고 집으로 돌아가는데 은찬이한테 전화가 왔다.

"문자 이제 확인했는데 진짜야?"

흥분한 은찬의 목소리가 쩌렁쩌렁 울렸다.

"설마 거길 진짜로 들어가겠다는 건 아니지?"

"용빼는 재주 있어?"

은찬의 목소리가 떨렸다.

"너희 진짜 하우스 마루타가 되겠다고? 죽고 싶어?"

세휘와 나는 4기 신도시 부실시공 아파트 폭동의 진원지 중 하나였던 아파트 단지에 들어가기로 했다.

"은찬아, 걱정하지 마. 보강하고 리모델링해서 안전 점검 통과한 건물이라잖아."

"그 말을 어떻게 믿어?"

"안 무너져. 그리고 안 죽어. 우리 말고도 몇 가구 더 있대."

"문제는 그것만이 아니야. 가장 가까운 마트가 차로 30분 거리래. 근데 거긴 대중교통도 아예 없다면서."

"세휘 아버지가 두고 간 차 있잖아."

"기름값은 있고? 거기다 민자고속도로 통행료 장난 아니게 비싼데 감당할 수 있겠어?"

"매달 월급 형식으로 100만 원씩 생활 보조금 지원해준대. 거기 아니면 우리 갈 데도 없어."

은찬은 길게 한숨을 내쉬었다.

"걱정하지 마. 몇 달만 있을 거니까."

"이상한 낌새 있으면 당장 나와. 알았지?"

나는 알았다고 대답했다. 그때 문득 무섭다는 생각이 들었다. 사실 하우스 마루타는 되기 싫었다. 하지만 우리에게는 선택의 여지가 없었다.

하우스 마루타

안개는 점점 더 짙어졌다. 가시거리가 얼마 되지 않았다. 나는 앞차의 비상등을 보고 속도를 줄였다. 개통된 지 얼마 안 된 제3외곽순환고속도로는 유달리 터널이 많았다. 터널을 빠져나오면 여지없이 요금소가 나왔다. 2500원, 3800원, 1900원……. 날강도가 따로 없었다. 엄마한테 받은 용돈을 고스란히 통행료로 뜯길 위기였다. 엄마는 하우스 마루타가 되겠다는 내게 갖은 욕을 다 퍼부었다. 미쳤다고도 했다. 비싼 돈 들여서 축구를 가르쳐놨더니 헛짓거리한다고 길길이 날뛰었다. 그렇게 퍼붓고 엄마는 내 손에 3만 원을 쥐여주었다.

세휘가 물었다.

"아직 멀었어?"

"나도 몰라."

공용 와이파이가 잡히지 않아 내비게이션을 켜지 못해 순전히 이정표만 보고 운전하는 중이었다. 우리는 특정 통신사에 가입을 안 하고 정부에서 무료로 제공해주는 공용 와이파이를 사용했다. 그렇게 하면 따로 통신비를 내지 않아도 되지만 공용 와이파이가 없는 지역에서는 핸드폰이 먹통이 된다는 단점이 있었다. 고속도로에서 빠져나갈 때가 된 것 같은데 이정표가 보이지 않았다. 안 그래도 운전을 잘하는 편이 아닌데 안개 때문에 운전이 더 어려웠다.

"못 보고 지나친 거 아니야? 너무 오래 걸리잖아."

세휘가 옆에서 계속 쫑알대니 정신이 더 없었다. 나는 전방을 주시하면서 이정표를 찾느라 눈동자를 쉼 없이 굴렸다.

"저기 아니야?"

세휘가 이정표를 손가락으로 가리켰다.

안개 때문에 표지판 글자가 보이지 않았다. 빠져나갈 때가 다 되어서야 겨우 흐릿하게 보였다. 우리가 나가야 할 길이 맞았다. 깜빡이를 넣고 차선을 바꾸려는 순간, 느리게 운행하던 뒤차가 속도를 높여 치고 나왔다. 나는 제때 차선을 바꾸지 못했고 빠져나가야 할 길을 지나치고 말았다.

"여름아! 저기로 나가야 한다고. 이제 어쩔 거야?"

세휘가 성격에 맞지 않게 소리를 꽥 질렀다.

"누군 나가기 싫어서 안 나가냐. 나가려고 하는데 뒤차가 치고 나오는 걸 어떡해."

"운전을 그렇게밖에 못 해?"

"답답하면 네가 하든가. 면허도 못 딴 주제에 어디서 지적질이야."

나는 말실수를 한 것을 깨닫고 입을 다물었다. 세휘한테 면허 이야기는 금기 사항이었다.

또 터널이 나왔다. 대한민국에서 가장 긴 터널이라는 안내 문구가 터널 입구에 적혀 있었다. 터널은 지루할 정도로 곧고 길게 뻗어 있었다. 시야가 확보되자 차들이 속도를 높였다. 나도 모르게 주위의 차를 따라 속도를 높였다. 아르피엠이 순식간에 치솟았다. 터널을 빠져나오자 요금소가 기다리고 있었다. 터널 한 번 통과하는 비용이 6100원이었다. 한 번의 실수로 날려버리기엔 큰 액수였다. 오늘 저녁도 라면으로 때워야겠다.

고속도로에서 빠져나와 신도시까지 길게 이어진 메타세쿼이아 가로수 길은 그 자체로 예술이었다. 소문과 다르게 도서관, 학교, 슈퍼, 병원, 수영장, 은행, 학원, 식당, 술집, 심지어는 파출소와 소방서까지 모든 편의시설이 다 있었다. 우리가 살게 될 아파트는 진짜 중세의 성처럼 크고 화려했다. 아파트는 동마다 다른 모양으로 지어져 있었고 높이도 달라서 아파트 단지처럼 보이지 않았다. 중앙 공원에는 연못과 고풍스러운 분위기의 분수가 설치되어 있었고 워터 파크 수준의 물놀이 시설과 눈썰매장이 완비되어 있었다. 수령이 오래된 나무와 계절마다 피고 지는 다양한 꽃나무, 야생화로 꾸며진 화단 등 조경이 특히 아름다웠다. 이렇게 아름다운 최신식 아파트일 줄은 미처 몰랐다. 건설사에서 우편으로 보내준 홍보물에서 본 적은 있지만 허위 과장광고이겠거니 생각했다.

지하 주차장에 차를 주차했다. 우리는 걸어 다니며 아파트를 둘러봤다.

"좀 이상하지 않아?"

"뭐가?"

"사람이 아무도 없잖아."

"입주가 다 안 됐잖아. 그래서 홍보를 위해서 우리도 이렇게 들어와서 사는 거고. 그리고 일하러 갔겠지. 집에서 노는 사람은 우리뿐일걸."

세휘는 아무렇지 않은 듯했다. 오래 걷다 보니 목이 말랐다.

"상가 쪽으로 가보자."

"그래, 생수라도 사 마셔야지. 목이 말라서 안 되겠어."

상가에 가면 주인이나 종업원이 있을 것이다. 생수를 사고 이것저것 물어봐야지. 세휘한테 콜라를 한 병 사 줘도 좋을 것이다. 세휘는 신이 나서 사진을 찍으며 내 뒤를 잘 따라왔다. 신호등의 점멸기는 꺼져 있었고 도로에는 차가 한 대도 지나다니지 않았다. 심지어 주차된 차마저 없었다. 정말 기분이 이상했다. 종말 이후의 도시를 걷는 기분이랄까.

"으스스한데."

세휘는 몸을 부르르 떠는 시늉을 했다. 편의점 간판을 보고 유리문을 밀고 들어갔는데 안이 텅 비었다. 물건도, 가판대도, 계산대도 그 무엇도 없었다. 물론 사람도 없었다. 실내는 완벽하게 비어 있었다. 벽면은 시멘트가 그대로 노출되어 있었다. 편의점이 입점했던 흔적조차 없었다. 우리는 옆 상가에 있는 롯데리아에 가봤다. 거기도 편의점과 마찬가지로 아무것도 없었다. 슈퍼, 학원, 횟집, 문방구, 속옷 가게, 화장품 가게, 중국집마저 간판만 걸려 있을 뿐 내부는 비어 있었다. 헬스, 요가, 스피닝, 폴댄스, 운동복, 운동기구 등 건물 전체가 운동에 관련된 업종을 하는 빌딩 안으로 들어갔다. 엘리베이터는 운행하고 있지 않았다. 계단을 이용해서 걸어 올라갔다. 실내는 영업을 하려야 할 수 없는 상태였다. 건설 폐기물이 잔뜩 쌓여 있었던 것이다. 폐기물의 양이 엄청났다. 유령도시라는 소문이 과장된

게 아니었다. 목이 마르고 배가 고파서 곧 쓰러질 것 같았다. 어느새 해가 떨어지고 주위가 어둑어둑했다. 가로등은 켜지지 않았다.

"여름아, 나 무서워."

"괜찮아. 관리사무소에는 사람이 있을 거야."

우리는 아파트 단지로 되돌아갔다. 불 켜진 집은 보이지 않았다.

"아파트 안에 들어가볼까?"

나도 아파트 안이 궁금했다. 조금 있으면 보게 되겠지만 먼저 본다고 문제 될 건 없었다.

"그래."

입구에 잠금장치가 설치되어 있었다. 우리는 재미 삼아 아무 번호나 눌렀다. 1234, 0000, 4321. 다 틀렸다.

"설마 이건 아니겠지."

세휘가 키득거리며 비밀번호를 눌렀고 문이 열렸다. 세휘가 누른 비밀번호는 1818이었다. 우리는 배가 끊어질 듯 웃었다.

"코미디가 따로 없다."

101호 앞에 섰다. 도어록 비밀번호도 동일했다. 일관성 있는 건설사였다. 어두워서 내부가 보이지 않았다. 벽을 더듬으며 안으로 들어가서 겨우 자리를 잡고 앉았다. 세휘와 나는 벽에 등을 기대고 앉았다. 종아리가 팽창하는 느낌과 함께 화끈거렸다. 오래 걸었더니 무릎이 뜨거워졌다. 세휘가 내 어깨에 머리를 기댔다. 나는 세휘의 머리를 쓰다듬어줬다. 배에서 꼬르륵거리는 소리가 크게 들렸다.

"목말라."

세휘가 중얼거렸다. 나는 힘겹게 몸을 일으켰다. 순전히 감각만으로 주방을 찾았다. 수도꼭지를 올리자 차가운 물이 쏟아졌다. 손을 이용해서 물을 받아 마셨다. 시골이라 그런지 물맛이 진짜 좋았다. 물을 충분히 마셨더니 허기도 조금은 가시는 것 같았다. 먹은 게 없어서인지 화장실에 가고 싶다는 생각은 없었다. 세휘가 벽을 더듬어 주방으로 왔다. 세휘가 물을 편하게 마실 수 있도록 자리를 비켜주었다. 나는 벽을 더듬어 두꺼비집을 찾아 버튼을 올렸다. 손끝의 감각만으로 스위치를 찾아 전등을 켰다. 주위가 환해졌다. 나는 눈이 부셔 한참 동안 눈을 감고 있었다.

"이게 뭐야. 똥물이잖아!"

세휘가 비명을 질렀다. 나는 급하게 주방으로 갔다. 세휘가 수돗물을 받아서 내게 내밀었다. 손바닥에 고인 물은 거무튀튀했다. 녹슨 배관을 통과하면서 오염된 물처럼 보였다. 지은 지 30년 된 노후 아파트의 배관을 통과한 물도 이것보다는 깨끗할 것 같았다. 속이 니글거렸다. 비위가 약한 세휘는 입을 틀어막고 구역질을 했다.

"빨리 욕실로!"

나는 세휘가 실수라도 할까 봐 서둘러 욕실로 들여보냈다.

"괜찮아? 등 두드려줘?"

세휘는 바로 욕실에서 튀어나왔다.

"변기가 막혔어."

"어? 뭔 소리야?"

"누가 똥을 싸놨다니까."

"누가?"

"나도 모르지. 아이, 더러워."

입주도 하지 않은 새 아파트의 변기가 막혀 있다는 사실을 나는 도저히 믿을 수 없었다. 그렇다고 확인해볼 용기는 없었다. 아파트는 내부공사가 마무리되지 않았다. 요즘 고급 아파트는 실내를 입주자의 취향에 따라 맞춤 인테리어를 해준다는 얘기를 들은 적이 있었다. 거실에는 어디서나 볼 수 있는 평범한 형광등이 걸려 있었다. 아파트가 새 주인을 만나면 형광등은 근사한 샹들리에로 교체되겠지. 샹들리에가 아무리 화려하면 뭐하나. 변기가 막혀서 똥 냄새가 집에 진동할 텐데. 나는 거실 바닥에 아무렇게나 주저앉았다. 세휘가 옆에 와서 앉았다.

"좀만 더 쉬었다가 가."

세휘는 유난히 힘들어했다.

"곧 밤이 될 텐데."

"10분만."

"그래, 10분만."

*

관리사무소에는 남자 직원 한 명뿐이었다.

"담당자가 지금까지 기다리다가 좀 전에 나갔어요. 제가 전화를 해볼게요."

직원이 담당자한테 전화를 걸었다. 테이블 위에 컵라면이 놓여 있었다. 전기주전자의 물이 끓으면서 탁, 소리와 함께 전원이 차단되었다.

"바로 오겠대요. 15분쯤 걸린다고 하네요. 혹시 컵라면 드실래요?"

세휘는 당장 좋다고 했다. 나도 먹겠다고 했다. 직원은 숙직을 자주 해서 컵라면을 쟁여놓고 먹고 있다고 했다. 캐비닛을 열어서 안을 보여 주었다. 다양한 종류의 컵라면이 들어 있었다. 나는 왕뚜껑을 골랐고 세휘는 신라면을 골랐다.

공용 와이파이가 안 잡혔다. 직원한테 공용 와이파이가

왜 안 잡히느냐고 물었다.

"여기는 공용 안 돼요."

공동 주거지는 공용 와이파이 설치가 의무였다.

"왜요?"

"고급 주거 단지잖아요. 공용 와이파이는 서민들한테 혜택을 주는 제도고요."

나는 이렇게 중요한 사실을 까맣게 잊고 살았다. 부자들이 드나드는 백화점이나 고급 레스토랑에 갈 일이 없어서였다. 눈앞이 아득했다. 공용 와이파이 없이는 핸드폰을 사용할 수 없었고 핸드폰 없이는 할 수 있는 게 아무것도 없었다. 사설 통신사에 가입하면 좋겠지만 문제는 비용이었다. 통신업체들이 무료 혜택을 늘리면서 요금을 엄청나게 올려놔서 서민들은 가입할 엄두를 못 냈다. 사설 통신사에 가입하면 쇼핑할 때 할인 혜택을 받는 건 기본이고, 자체 제작한 고퀄리티의 게임, 영화 등 다양한 콘텐츠를 무료로 즐길 수 있었다. 공용 와이파이를 이용해서 케이블 방송을 보면 서민, 돈을 내고 케이블 방송을 보면 중산층, 사설 통신사의 콘텐츠를 보면 상류층이란 우스갯소리가 돌았다. 사실 중산층이란 단어가 사라진 지는 한참 됐다. 소수의 상류층과 절대다수의 서민층이 있을 뿐이었다.

사무실에 들어서던 여자가 나를 빤히 쳐다봤다.

"한여름?"

나는 한눈에 그 여자를 알아봤다.

"하우스 매니저 입주 예정자 리스트 보고 설마설마했는데 정말 너구나. 하긴 한여름이라는 이름이 흔하지는 않지."

한때 얼짱 축구선수로 이름을 날렸던 지영 언니였다. 지영 언니와 나는 같은 중·고등학교를 나온 선후배 사이였다. 지영 언니는 최전방 공격수였는데 나하고 포지션이 겹쳤다. 나는 늘 주전 경쟁에서 지영 언니한테 밀렸다. 내 실력이 지영 언니보다 못하다고는 생각하지 않았다.

"가끔 네 생각했었어. 외모도 볼 거 없고 성격도 나쁜데 뭐 해서 먹고살까 걱정되더라고. 더구나 축구 말고는 할 줄 아는 것도 없었잖아."

생각해주는 것처럼 말하면서 염장을 지르는 건 여전했다. 내가 이 모양 이 꼴이 된 것에 지영 언니의 책임이 반이라면 과장하는 것일까. 내가 이렇게 된 것의 책임을 누군가에게 전가하고 싶지는 않았다. 그렇다고 해도 지영 언니의 죄가 사라지는 것은 아니었다.

"그래서 하우스 마루타 하러 온 거잖아요."

"여름아, 무슨 말을 그렇게 해. 하우스 매니저 일 나쁘지 않아. 시중에 떠도는 소문들 과장이 많아. 사실 우리끼리니까 하는 말이지만 서민들이 언제 이런 고급 아파트에 살아보겠어. 좋은 기회 잡은 거야. 넌 언니만 믿어. 언니가 돈 많이 벌게 해줄게."

'언니만 믿어.'

언젠가 저 말을 들은 기억이 났다. U15 월드컵 최종 예선전에 뽑히고 나서의 일이었다.

모두의 예상을 뒤집고 지영 언니가 아닌 내가 예선전 최종 명단에 이름을 올렸다. 후보 선수였지만 개의치 않았다. 태극마크를 다는 것은 축구를 시작한 이래 오랜 꿈이었다. 지영 언니와 나는 친한 편은 아니었지만 그렇다고 척을 진 사이도 아니었다. 그런데 우리 학교의 에이스인 지영 언니가 탈락을 하고 그 자리에 내가 뽑히자 좀 껄끄러운 사이가 되고 말았다.

정규 연습이 끝나고 운동장에는 아무도 남아 있지 않았다. 해는 벌써 졌다. 주위가 어둑어둑했다. 나는 평소처럼 개인 연습을 하고 있었다. 드리블 연습을 끝내고 프리킥 연습을 하고 있을 때였다.

"여름이 국가대표로 뽑히더니 열심이구나."

지영 언니가 다가왔다. 나는 깜짝 놀랐다. 지영 언니는 원래 개인 연습을 하지 않았다. 축구가 단체경기인데 개인 연습이 왜 필요하냐는 주의였다. 늘 지영 언니와 같이 다니던 축구팀 언니들은 보이지 않았다. 운동장에는 지영 언니와 나뿐이었다.

"여름아. 언니가 심판들한테 페널티킥 쉽게 받아내는 비법 가르쳐줄까? 기회란 건 말이지, 언제 어떻게 올지 모르는 거거든. 주전선수 중에서 부상당하는 선수가 나오지 말라는 법도 없잖아. 그래야 네가 교체로 그라운드를 밟을 수도 있고 말이야. 기회가 왔을 때 골을 넣어봐. 넌 영웅이 되는 거야."

지영 언니가 굳이 말해주지 않아도 나는 알고 있었다. 지영 언니의 비밀을 말이다. 사실 우리 팀 전체가 알고 있다고 하는 것이 맞겠다. 지영 언니의 비법은 할리우드액션이었다. 페널티박스 안에서 수비수가 터치하면 언니는 다양한 방법으로 넘어졌다. 수비수의 다리에 걸려 넘어지는 것처럼 할 때는 몸을 있는 대로 길게 늘이며 넘어졌다. 수비수가 몸싸움을 세게 한다 싶으면 폭행당한 것처럼 그라운드를 데굴데굴 굴렀다. 헤딩 경합을 벌이다가 넘어질 때는 교통사고를 당한 사람처럼 공중에 떴다가 바닥으로 곤두박질쳤다. 지영 언니의 축구 실력은 평범했지만 할리우드액션은 최강이었다. 지영 언니가 고꾸라지고 구르고 그 예쁜 얼굴에 상처라도 생기면 내가 심판이라도 호루라기를 불었을 것이다.

"사양할 거 없어. 열심히 하는 여름이가 예뻐서 특별히 알려주는 거니까. 언니만 믿어, 알았지?"

나는 허황된 꿈을 꾸었다. 태극마크를 가슴에 달고 뛰는 첫 경기에서 골을 넣는 모습을 상상했다. 0 대 1이나 1 대 1의 상황에서 내가 얻어낸 페널티킥을 직접 차서 골을 넣고 싶었다. 그러면 언론과 팬들은 얼굴만 예쁜 지영 언니가 아니라 실력 있는 나를 보고 열광할 것이다.

지영 언니는 직접 수비수 역할을 하며 할리우드액션을 어떻게 해야 하는지 알려주었다. 내가 넘어지는 방향이나 강도 같은 것도 일일이 가르쳐줬다. 지영 언니는 내가 재능이 있다고 했다. 심판의 눈을 속일 줄 아는 특별한 재능이.

"여름이 몸을 잘 쓰는구나. 너는 축구를 하지 말고 격투기나 주짓수 같은 걸 하지 그랬어. 이번에는 내가 몸싸움을 할 테니까, 부딪치고 나서 몸을 더 높이 띄워봐. 중국 애들 엄청 과격한 거 너도 알지? 세게 부딪친다. 마음 단단히 먹어!"

지영 언니는 물소처럼 돌진해서 들이받았다. 나는 할리우드액션을 할 필요가 없었다. 자연스럽게 몸이 공중에 붕 떴다가 곧장 땅바닥에 곤두박질쳤다. 통증 때문에 비명을 질렀다. 잠시 후, 코끼리가 내 다리를 밟고 지나간 것이 아닐까 싶게 무릎이 아팠다.

그 사고로 무릎뼈가 바스러졌다. 재활까지 꼬박 1년을 허비했다. 축구를 다시 시작했지만 사고 전의 기량으로는 영영 돌아가지 못했다. 사고 당시의 기억은 흐릿했다. 공중에서 떨어지면서 무릎을 다친 것인지, 지영 언니가 밟아서 부러트린 것인지. 이젠 중요한 일도 아니었다.

"일단 아파트 먼저 보고 얘기 나눌까?"

지영 언니는 선심을 쓰듯 제일 좋은 아파트를 주겠다고 큰소리를 쳤다. 지영 언니를 따라 걸었다. 사방이 깜깜했다. 관리사무소를 제외하면 불빛이라고는 없었다.

"축구 할 때 친했어?"

세휘가 물었다.

"왜?"

"그냥 궁금해서."

"그건 알 거 없고. 저 언니 어떤 거 같아?"

"뭐가?"

"얼굴."

"뭘 그런 걸 물어보고 그래."

세휘는 몸을 배배 꼬았다.

"또 사랑에 빠졌냐?"

세휘는 '금사빠'의 대표 주자였다.

"무슨 얘기를 그렇게 재밌게 해. 혹시 내 욕 하는 거 아니지?"

지영 언니가 눈웃음을 쳤다. 세휘와 나 둘 중 누구를 보고 눈웃음을 치는 건지 모르겠다. 지영 언니가 도어록을 열더니 1818 숫자를 눌렀다. 비밀번호는 다 같은 걸 쓰는 모양이었다.

"비번이 왜 하필 1818이에요?"

세휘가 물었다.

"원래는 1004였는데 분양 원천 무효 소송에서 지고 나서 회장님이 열 받아서 바꾼 거잖아요. 본사에서 출입문 비밀번호 교체 공문을 내려보낸 걸 보고 얼마나 웃었는지 몰라요."

우리가 살게 될 아파트는 148㎡, 평수로 환산하면 45평이었고 10층이었다. 방이 4개, 욕실이 2개, 안방과 작은 욕실 사이에 붙박이장이 설치된 드레스 룸이 있었다. 냉장고를 비롯해 텔레비전, 인덕션, 세탁기, 건조기, 식기세척기, 공기청정기, 의류 관리기까지 생활에 필요한 모든 가전이 빌트인으로 설치되어 있었다. 식탁, 책상, 책장 등의 가구는 원목으로 맞춤 제작해서 공간에 꼭 맞았다. 그 외에도 침대, 소파, 커튼, 주방용품 일체, 휴지며 치약, 비누, 샴푸 등 생활용품까지 전부 갖추어져 있었다. 대형 화분이 곳곳에 놓여 있어서 집 안에 생기가 돌았다. 광고에서처럼 당장 사는 데 불편함이 전혀 없었다. 집이 너무 좋아서 정신이 쏙 빠졌다.

"마네네?"

세휘가 벽에 걸린 그림을 보고 말했다.

"세네갈 축구선수 사디오 마네?"

"아니. 피리 부는 소년 그린 화가 에두아르 마네."

"나도 알아. 모네 친구 마네."

세휘는 가끔 상식이 없다고 나를 무시했다.

"저 그림 공모전에서 떨어진 작품인데 지금은 마네의 대표작 중에 하나야. 미래는 알 수 없는 거야. 지금 실패했다고 해서 끝이 아니라는 거지. 난 다시 시작할 거야. 돈 벌어서 이런 집 꼭 사고 만다 내가."

세휘는 지나치게 비장했다. 너무 좋은 집을 봐서 머리가 조금 이상해진 것 같았다.

"흠흠."

지영 언니가 목소리를 가다듬었다. 자신에게 집중하라는 듯이.

"세휘 씨는 그 꿈 꼭 이루실 거예요."

세휘는 얼굴이 환해졌다.

"여름아, 어때. 진짜 좋지? 이렇게 잘 지은 아파트를 보고 부실시공 아파트라니 말이 되니? 일부 입주민들과 언론의 선동질에 법조계가 칼춤을 춘 셈이지. 지난 60년 동안 선분양했지만 별문제 없이 잘 살았잖아. 선분양 안 하고 후분양하니까 좋아?"

세휘가 적극 동조했다.

"선분양이든 후분양이든 아파트가 이렇게 좋은데 무슨 상관이에요."

"그쵸? 어쩜 세휘 씨랑 제 마음이 딱 맞아요."

세휘는 또 몸을 배배 꼬았다. 보고 있는 내 몸도 배배 꼬였다. 배배 꼬인 건 스크류바다.

"궁금한 거 있으면 얼마든지 물어보세요."

"궁금한 거요?"

나는 세휘가 지영 언니한테 이상형이 뭐냐고 묻지 못하게 재빨리 질문을 던졌다.

"건설사에서 매달 100만 원씩 생활 보조금 주는 거 맞죠?"

"맞아."

"돈 따로 들어가는 거 없고요."

"여름이 많이 꼼꼼해졌네. 놀랐어. 말이 나왔으니 그럼 본격적으로 계약 얘기를 해볼까? 세휘 씨도 여기 와서 앉아요."

설명을 참 복잡하게 했다. 일부러 헷갈리게 하는지도 모르겠다.

"언니 잠깐만요. 우리가 사람 소개를 왜 해야 하는 건데요?"

"아까도 말했지만 사람 소개를 꼭 해야 하는 건 아니야. 아파트에서 살기만 해도 돼. 그것만으로도 아파트가 안전하다는 게 홍보가 되니까. 내 말은 이왕 아파트 홍보하는 거 주변에 노는 친구들 있으면 소개 전화만 좀 하라는 거지."

"그러니까 그런 일을 왜 우리가 해야 하는 거냐고요. 얘기가 계속 달라지잖아요. 우리는 그냥 이 아파트에서 살기만 하면 되는 줄 알았어요."

"맞아, 편하게 살면 돼."

"아까는 하우스 마루타 할 사람을 소개하라고 했잖아요."

"하우스 마루타 아니고 하우스 매니저."

"하우스 마루타든 하우스 매니저든 그게 중요한 게 아니고요, 우리가 영업을 왜 해야 하는 거냐고요."

"왜긴, 수당 때문이지. 아까도 내가 설명해줬잖아. 여름이 넌 머리가 나쁜 거 같아. 세휘 씨는 내가 하는 말 다 알아들었죠?"

"네."

세휘는 지영 언니가 말만 걸면 좋아서 싱글벙글이었다. 세휘가 앞뒤 재지 않고 계약서에 사인하려는 것을 겨우 말렸다.

"언니가 무슨 말 하는지 진짜 다 알아들었어? 알아들었으면 설명해봐."

"그러니까 지영 씨가 하는 말은 이런 거잖아. 아파트는 공짠데 관리비는 내라는 거잖아. 관리비라는 게 전기라든지 수도처럼 우리가 직접 쓴 거니까 당연히 내야지."

여기까진 잘 이해했다.

"세탁기, 건조기 사용 금지. 공용 빨래방을 사용해야 해. 욕실이 더러워지면 안 되니까 욕실 사용도 금지야. 관리사무소 옆에 있는 레지던스에 가서 볼일 보고 씻어야 해. 왜? 여긴 진짜 우리 집이 아니니까."

이건 정말 개떡 같은 소리였다. 화장실에 갈 때마다 레지던스까지 어떻게 가라는 건지. 가구도 함부로 만지지 말고 소파에도 앉지 말란다. 우리더러 모델하우스의 종이 인형처럼 살라는 건데 그게 정말 가능하다고 생각하는 것일까.

"싱크대가 더러워지면 안 되니까, 여기서 밥을 해 먹으면 안 돼. 사 먹어야 한다는 건데 여긴 식당이 없잖아. 식당만 없는 게 아니라 편의점도 없어. 고로 먹을 걸 사려면 편의점 맞춤 배송을 신청해야 해. 맞춤 배송을 신청하려면

업체에 보증금을 걸어놔야 해. 후불제인데 혹시 나중에 돈을 못 갚게 됐을 때를 대비한 거지. 그 돈은 나중에 여기서 나갈 때 돌려받을 수 있어."

랩을 하듯 속사포로 말하던 세휘가 잠시 숨을 돌렸다. 세휘가 언제 저걸 다 이해했는지 모르겠다. 멍청해진 줄 알았더니 아니었다.

"이게 가장 중요해. 지금 우리는 돈이 한 푼도 없잖아."

절로 한숨이 나왔다.

"보증금 없으면 맞춤 배송을 신청할 수 없어."

의기양양하게 설명하던 세휘는 뒤로 갈수록 말에서 힘이 빠졌다. 현실의 무게가 느껴져 그러는 듯했다.

"그래서 지영 씨가 우리보고 하우스 매니저 일을 하라는 거잖아. 세끼 다 주고 건설사 대출까지 가능하다는데 진짜 좋은 조건이지. 대출 받아서 맞춤 배송 신청하고 영업해서 수당 나오는 걸로 대출금 갚으면 되잖아."

여기서 지영 언니가 치고 나왔다.

"맞아요. 설명 너무 잘하셨어요. 세휘 씨 특목고 나오셨다는 말이 빈말이 아니었나 봐요. 진짜 똑똑하시다."

둘이 아주 죽이 척척 맞았다.

"잘 봐줘서 고마워요."

세휘는 또다시 몸을 배배 꼬았다.

"그러면 사인하실까요?"

"그러시죠."

세휘는 지영 언니가 권하는 건 무조건 좋다고 했다.

"여름이 넌 어쩔 거야?"

"전 됐어요."

나는 지영 언니가 권하는 건 무조건 싫다고 했다. 한 사람한테 두 번 당하기 싫었다. 그래서 세휘하고 내 계약서는 상당 부분이 달랐다. 나는 입주 계약서를 썼지만 세휘는 입주 계약서 플러스 근로계약서까지 썼다. 거기다 대출 서류까지. 사인받은 계약 서류를 챙기며 지영 언니가 말했다.

"여름이 너는 돈을 벌게 해줘도 싫어하니. 애가 왜 그렇게 까칠해."

"열심히 한다고 다 돈을 벌 수 있는 거 아니잖아요. 죽어라 전화 돌려도 하우스 마루타를 아무도 안 하면 헛고생만 하는 거잖아요."

"만약 그런 일이 생긴다면 노력이 부족해서겠지. 노력은 사람을 배신하지 않는다는 말도 몰라?"

가슴이 답답했다. 어떻게 더 열심히 살라는 말인지 모르겠다.

"아, 참. 세휘 씨 영업하려면 슈트를 입어야 하는데. 있어요?"

“슈트…… 없는데요.”

전화를 돌리는 일인데 슈트를 왜 입어야 한다는 건지 모르겠다.

“예전에 하우스 매니저 하던 사람이 입던 슈트가 저한테 있어요. 새 옷이나 마찬가진데 살래요? 세휘 씨한테 특별히 싸게 드릴게요.”

세휘는 좋다고 했다. 빚이 늘어나는 건 개의치 않는 듯했다. 하우스 마루타 가입을 못 시키면 저 빚을 다 어쩔 생각인지 모르겠다.

“언니 잠깐만요. 세휘 너, 그 빚 다 갚을 수 있어?”

“당연하지. 저거 얼마나 된다고. 지영 씨 얘기 못 들었어? 열심히 하면 한 달에 1000만 원 수익도 가능하다잖아.”

세휘는 중고 슈트를 사는 데 필요한 대출 서류에 또 지장을 찍었다. 나는 세휘의 선택이 옳지 않다는 것을 알았지만 막을 방법이 없었다.

“마지막으로 물을게. 여름이 넌 진짜 하우스 매니저 안 할 거야?”

“안 해요.”

“후회 안 할 자신 있지?”

“후회되면 그때 가서 하면 되죠.”

지영 언니는 호탕하게 웃었다.

"우리 여름이 진짜 많이 컸다. 그래, 마음 바뀌면 언제든 언니 찾아와. 돈 필요해도 오고. 언니가 일이백 정도는 빌려줄 수 있으니까."

사채업자도 아니고 멘트가 영 구렸다. 내가 돈을 빌리러 지영 언니를 찾아가는 일은 아마 없을 것이다. 아무리 배가 고파도 대출받을 생각은 해본 적이 없다. 엄마를 통해 빚이 얼마나 무섭게 불어나는지를 봤기 때문이다. 우리처럼 없는 사람은 없이 사는 게 맞았다. 세상에 공짜는 없다.

*

나는 오랜만에 세휘한테 말 안 하기 싸움을 걸었다. 말하기 싫어서 싸움을 거는 게 아니었다. 하고 싶은 말이 너무 많은데 잘하지 못할 것 같을 때, 그때 말 안 하기 싸움을 하는 것이다. 나는 세휘가 무슨 말을 해도 대꾸하지 않았다. 마음 같아서는 병신, 쪼다라고 욕을 해주고 싶었지만 참았다. 말 안 하기 싸움에서는 말을 하면 지기 때문이었다.

"여름이 화났어? 왜 그러는데. 내가 뭐 잘못한 거 있어? 내가 빚진 거 때문에 그래?"

나는 아까 사무실에서 몰래 챙겨 온 커피믹스를 타서 마셨다.

"더 없어?"

세휘는 커피를 마시는 나를 빤히 쳐다봤다. 옥탑방과 달리 집이 넓고 방도 많아서 세휘를 피해서 자리를 옮길 수 있었지만 나는 그렇게 하지 않았다. 커피 향이 세휘한테 더 날아가도록 호호, 바람을 열심히 불었다.

'먹고 싶어 죽겠지, 요놈아.'

세휘가 조심스럽게 물었다.

"지영 씨랑 사이가 안 좋은 거야? 축구 같이 했으면 친한 거잖아."

나는 목구멍까지 올라온 말을 씹어 삼켰다. 대신 눈을 치켜뜨고 노려봤다. 말 안 하기 싸움에서는 신체의 움직임이 중요했다. 내 감정이 어떤지 오롯이 몸으로만 표현해야 하기 때문이었다.

"아, 답답해. 뭐라고 말 좀 해봐. 너는 화날 때마다 말 안 하는 그 버릇부터 없애야 돼."

남은 커피를 한입에 털어 넣고 소파에서 일어났다. 엉덩이에 뭐가 묻은 것도 아닌데 툭툭 털었다. 느리게 짐을 챙겨 들고 안방으로 들어갔다. 안방은 내가 쓸 거야. 이런 말은 굳이 안 해도 될 터였다.

짐 정리를 시작했다. 옷은 옷장에 몇 권의 책은 책장에 꽂았다. 가족사진을 넣은 액자는 사이드 테이블 위에 올려놓았다. 얼굴과 전신에 사용하는 베이비 로션을 화장대 위에 올리고 나니 짐 정리가 끝이 났다. 다 해봐야 5분도 걸리지 않았다.

침대에 몸을 던졌다. 매트리스는 푹신하고 침구는 부드러웠다. 지영 언니는 아파트 내부 물건에는 절대 손대지 말라고 했지만 난 그 말을 들을 생각이 처음부터 없었다. 사람이 먹고 자고 싸는 곳이 집인데 어떻게 그 모든 것을 하지 말라는 건지 모르겠다. 침구에서 라벤더 향기가 솔솔 풍겼다. 천연 라벤더 원액을 쓴 듯했다. 비싸고 품질이 좋은 물건에서는 좋은 향기가 났다. 나는 진짜 꽃향기나 과일 향을 좋아했는데 언제 마지막으로 맡아봤는지 기억이 가물가물했다. 크게 숨을 들이켰다. 라벤더의 진한 꽃향기가 폐부 깊숙이 스며들었다. 잠이 스르륵 왔다. 좋은 꿈을 꿀 것 같은 예감이 들었다.

눈을 떴는데 주위가 환했다. 벌써 아침이었다. 나는 오랜만에 단잠을 잤다. 핸드폰으로 시간을 확인했다. 벌써 8시였다. 핸드폰에 서비스 지역이 아님을 나타내는 엑스 표시가 크게 떠 있었다. 배터리 표시가 빨갛게 변했다. 가방에서 충전기를 꺼내서 핸드폰을 충전했다.

안방에 딸린 욕실에 들어가서 소변을 봤다. 소변이 급한데 언제 레지던스까지 간단 말인가. 다시 생각해도 말도 안 되는 소리였다. 좌변기는 금색이었다. 나는 황제라도 된 것 같은 착각에 빠졌다. 손을 씻었다. 다행히 여기는 물이 깨끗했다. 어제 갔던 아파트는 아무래도 공사가 덜 끝난 듯했다. 컵에 물을 받아서 마셨다. 물맛은 여전히 좋았다. 나는 물을 한 잔 더 마셨다. 물로는 허기가 채워지지 않았다.

거실로 나왔다. 세휘가 등을 보이고 식탁에 앉아 있었다. 나는 세휘가 뭘 하고 앉아 있는지 궁금했지만 참았다. 여전히 말 안 하기 싸움 중이었기 때문이다. 나는 소파로 가서 앉았다. 리모컨을 들어 전원 버튼을 눌렀다.

"여름이 이제 일어났어?"

나는 리모컨으로 채널을 돌렸다.

"아까 문 살짝 열어보니까 곤하게 자고 있더라고. 그래서 못 깨웠어."

어떤 프로그램을 보겠다는 생각 없이 채널을 계속 돌렸다.

"배 안 고파?"

당연히 배고프지. 물을 걸 물어.

"도시락 먹자. 배송 기사님이 아침 일찍 배송해줬어."

도시락이란 소리에 귀가 번쩍 뜨였다. 하지만 참았다. 먼저 굽히고 들어가기 싫었다.

"여름아, 이리 와. 도시락 더 식기 전에 같이 먹어."

여름아, 여름아. 왜 자꾸 부르는지 모르겠다. 여름 지난지가 언젠데. 요즘 가을은 짧았다. 이제 머잖아 겨울이었다. 내가 꼼짝을 안 하니까 세휘가 도시락을 들고 소파로 왔다. 도시락을 살짝 훔쳐봤다. 흑미밥에 돈가스, 야채샐러드, 메추리알장조림, 김치가 반찬이었다. 미소 된장국은 따로 담겨 있었다. 물론 돈가스는 돼지고기가 아닌 콩고기로 만든 것이었다.

"너랑 같이 먹으려고 배고픈 걸 참았어."

순간, 마음이 사르르 녹았다. 나는 은근히 승부욕이 있었다. 그래서 화를 풀고 싶은 걸 견뎌냈다.

"아, 해봐. 돈가스 엄청 맛있어 보여. 예전에 우리 엄마가 집에서 돈가스 자주 튀겨주셨잖아. 기억나지?"

정말이지 세휘 엄마는 요리 실력이 좋았다. 은찬이랑 내가 놀러 가면 항상 맛있는 걸 직접 만들어줬다. 암 투병을 오래 하면서도 웃는 모습을 잃지 않았고 은찬과 나도 친자식처럼 귀하게 여겼다. 돌아가시기 전 마지막으로 봤던 날의 기억이 아직 생생하다. 얼굴이 많이 여위어서 아줌마는 조금 무서워 보였다. 그날은 직접 요리를 못 해주고 피자를 시켜줬다. 아줌마는 우리가 피자 먹는 모습을 끝까지 지켜보지 못하고 먼저 자리에서 일어났다. 방으로 들어가기 전에 은찬과 나를 보고 말했다.

"우리 세휘 앞으로도 잘 부탁해."

그 말은 은찬과 내게 남기는 유언이었다.

세휘가 보챘다.

"어서. 네가 먹어야 나도 먹지. 먹고 싶은 걸 참고 기다리느라 얼마나 힘들었는지 알아?"

나는 못 이기는 척 입을 벌리고 돈가스를 받아먹었다. 이로써 말 안 하기 싸움은 끝이 났다. 싸움을 건 내가 진 것이다. 이제 지영 언니에 대해서는 말을 못 하게 되었다. 싸움의 룰이 그랬다. 바보 같은 세휘가 지영 언니한테 당하는 꼴을 나는 입 다물고 보게 되었다.

"엄청 맛있어."

나도 모르게 호들갑을 떨었다. 세휘는 그제야 얼굴을 풀었다.

"너도 먹어봐."

세휘가 돈가스를 한 입 베어 물었다.

"엄마가 튀겨주시던 그 맛이야."

도시락은 게 눈 감추듯 사라졌다. 도시락 하나로 두 사람이 배부르게 먹기는 부족했다. 감질나기만 했다. 나는 입맛을 다셨다. 뭔가 더 먹고 싶었다. 사무실에서 몰래 들고 온 커피믹스가 아직 남아 있었다.

"세휘야 커피 마실래?"

"좋아."

우리는 상류층 사람들처럼 우아하게 소파에 앉아서 커피를 마셨다.

"성공한 인생이란 이런 거겠지. 여름이는 알지? 내 꿈이 뭐였는지. 변호사가 돼서 김앤영에 버금가는 대형 로펌을 만드는 게 내 꿈이었잖아."

지랄도 풍년이다. 대놓고 사기꾼이 되는 게 꿈이라고 말하다니. 세휘의 최종 학력은 중졸이었다. 고등학교 3학년 때 자퇴했기 때문이다.

"변호사가 되고 싶은 인간이 과고는 왜 간 거야?"

세휘의 비극은 거기에 있었다.

"영재고 떨어져서."

한국말 이해력도 부족한 녀석이 변호사는 무슨. 사람처럼 자기 주제를 모르는 생물체는 지구상에 또 없을 것이다. 공대를 졸업하고 연구하는 직업을 가지는 게 세휘한테 딱 어울렸다.

"영재고 떨어진 거 생각하면 아직도 분해. 여드름 대마왕이 붙고 내가 떨어졌다는 게 말이나 돼?"

그 애가 일리노이 공대에 들어갔다는 얘기를 어디선가 들은 기억이 났다. 여드름이 완벽하게 사라지고 훈남이 되었다는 소문도. 최소한 그 애는 자신의 진로에 맞게 학교를 선택했다.

"영업 열심히 해서 돈 많이 벌 거야. 일단 여기서 종잣돈을 모은 다음에 장사할 거야."

"돈을 모으면 로스쿨을 가야지. 그래야 김앤영을 만들 거 아냐."

물론 그 전에 검정고시부터 봐야겠지만.

"공부가 너무 싫어. 공부라는 말만 들어도 미치겠어. 게다가 머리도 나빠졌고."

자신의 수준을 알고 있다니 그나마 다행이었다.

"변호사든 장사꾼이든 돈만 많이 벌 수 있다면 상관없잖아."

무엇이 세휘를 저렇게 전투적으로 만든 것일까. 고급 아파트 때문인지, 지영 언니 때문인지 모르겠다. 세휘처럼 사랑에 쉽게 빠지는 사람을 나는 아직 보지 못했다. 예쁘장한 여자만 보면 혼자 좋아서 들이대다가 끝나는 경우가 허다했다.

"돈 많이 벌면 나도 줄 거지?"

"당연하지. 여름이 널 위해서 구단을 만들어줄 용의도 있어."

"됐고, 그냥 돈으로 줘."

축구라면 아주 지긋지긋했다.

*

몸이 간질간질했다. 목욕탕을 다녀온 지 오래됐다.

'목욕이나 해볼까?'

욕조가 있는 집에서 살게 되었다. 이제 내가 원하기만 하면 언제라도 목욕을 할 수 있었다. 지영 언니는 절대 욕조를 사용하지 말라고 했다. 그뿐 아니라 소파도 침대도 전부 다 사용 불가였다. 그렇게 되면 바닥에서 자란 소린데 말이 안 되는 조건이었다. 그 약속을 지키는 하우스 마루타가 있기는 할까.

"진짜 욕조 쓸 거야? 지영 씨가 알면 안 될 텐데."

"그 언니가 무슨 수로 알아. 여기 CCTV가 설치된 것도 아니고. 사용하고 깨끗하게 청소하면 돼."

세휘도 욕조에서 목욕하고 싶어 했다.

"가위바위보로 정하자."

세휘는 애도 아니면서 맨날 가위바위보를 하자고 했다.

"네가 양보해줄 수도 있잖아."

"내가 왜?"

"어차피 가위바위보 해도 내가 이겨."

세휘는 매번 가위를 먼저 냈다. 가위바위보라서 가위를 먼저 내는 건지도 몰랐다. 초등학교 때 세휘보다 공부를 못했었다는 게 창피했다. 역시 나는 몸을 쓰는 일을 잘 선택했다. 공부했더라면 세휘보다 더 이상해졌을 테니까.

“어떻게 알아? 이기고 지는 건 해봐야 알지.”

그런 사람이 있다. 똥인지 된장인지 기어이 찍어 먹어봐야 아는 사람이. 세휘가 딱 그 과였다. 그렇게 가위바위보를 했고 역시나 내가 이겼다.

“까불지 마, 오세휘. 넌 텔레비전 보면서 기다려. 오래 걸릴 거니까.”

세휘는 순순히 물러났다.

“같이 할래?”

내가 물었다.

“뭘? 목욕을?”

“응. 욕조가 있으니까 물 받아 놓고 같이 놀자.”

“장난하지 마.”

세휘가 정색했다. 농담인데. 나는 민망해졌다.

욕조에 물을 가득 채우고 입욕제를 넣었다. 투명한 물이 순식간에 핑크빛으로 물들면서 거품이 보글보글 생겼다. 나는 욕조에 몸을 담갔다. 장미 향이 코끝을 살살 간질였다. 월풀 기능을 작동시켰다. 크고 작은 물줄기가 온몸을 때렸다. 전신의 피로가 다 풀렸다. 콧노래가 절로 나왔다.

어렸을 때, 엄마가 물에 동동 뜨는 오리 인형 세 마리를 사 줬다. 무척이나 더운 여름날로 기억되는데 오빠와 내 몸에 땀띠가 심하게 올라왔다. 엄마는 하루에 몇 번이고 강제로 욕조에서 물놀이를 하게 했다. 물놀이를 하면 땀띠가 많이 가라앉았기 때문이었다. 물이 넘칠 듯 말 듯 찰랑거리는 욕조에는 늘 오리 인형 삼총사가 동동 떠다녔다. 오리 인형이 장난감 같지 않고 꼭 살아 있는 생명체 같았다. 오빠와 나는 물놀이에 재미를 붙였고 여름이 지나고 가을, 겨울이 되어도 물놀이를 멈추지 않았다.

어느 날, 어린이집에 갔다 왔더니 오리 인형이 사라지고 없었다. 엄마가 물때가 끼고 더러워져 버렸다고 했다. 그러면서 앞으로는 오빠하고 목욕하지 말라고 했다.

"왜?"

"너희 컸잖아. 그니까 안 돼."

"이제 아빠랑 오빠랑 워터 파크도 못 가?"

"거긴 괜찮아."

"왜?"

엄마는 한숨을 크게 내쉬었다. 내 질문이 귀찮은 모양이었다.

"거기선 수영복을 입잖아."

"수영복을 입으면 같이 물놀이 할 수 있어?"

"응."

"수영복 안 입으면 물놀이 못 하는 거고?"

양미간에 굵은 주름이 잡힌 것으로 보아 화가 단단히 난 것 같았다. 더는 질문하면 안 될 것 같았다. 하지만 나는 호기심을 참지 못하고 또 물었다.

"수영복 말고 바지 입으면?"

엄마는 짜증 섞인 목소리로 대답해줬다.

"안 돼."

"팬티 입어도 안 돼?"

"안 된다고 했잖아."

"치마는? 치마 입어도 안 돼?"

결국 엄마는 폭발하고 말았다.

"안 돼. 안 된다고 벌써 몇 번을 말해. 치마를 입든 바지를 입든 안 돼. 한여름, 오늘부터 오빠랑 목욕 금지야. 오빠랑 목욕하는 아이는 나쁜 아이야."

이렇게 화를 내는 건 엄마가 내 입을 막는 방식이었다. '나쁜 아이'라는 낙인도 같은 이유로 자주 써먹었다. 나쁜 아이라는 말을 듣고 자라서 그런지 친구들 사이에서 나는 화를 잘 내는 나쁜 애로 통했다. 세휘하고 은찬이 말고는 딱히 친구가 없는 것도 그 영향인 듯했고.

욕조에 누워 충분히 몸을 풀었다. 샴푸를 듬뿍 짜 거품을 내서 머리를 감았다. 샴푸에서 기분 좋은 장미 향이 났다.

머리를 헹구려고 샤워기를 들다가 손이 미끄러워 떨어트렸다. 샤워기는 수도꼭지를 치고 떨어졌다. 그런데 수도꼭지가 힘없이 빠져버렸다.

'이게 뭐지?'

나는 한동안 멍하게 있었다. 거품이 이마를 타고 흘러내려 눈에 들어갔다. 눈이 따가웠다. 그제야 정신이 들었다. 나는 빠진 수도꼭지를 어떻게든 다시 끼우려고 했는데 잘 되지 않았다. 손톱으로 수도꼭지가 있었던 부분을 들어올렸다. 다행히 샤워기에서 물이 나왔다. 나는 얼른 머리를 헹구고 수도꼭지 수리에 들어갔다. 이렇게 하고 저렇게 해봐도 수도꼭지는 고정되지 않았다. 아무래도 망가진 것 같았다.

"안 나오고 뭐 해?"

아까부터 세휘가 계속 보챘다. 어지간히 월풀 욕조가 쓰고 싶은 모양이었다.

"여름아."

"좀만 더 기다려."

나는 수리하는 것을 포기하고 뒷정리를 하고 옷을 입었다.

"안 돼. 오늘은 못 해."

욕실에 들어가려는 세휘를 막았다.

"왜?"

"수도꼭지 빠졌어."

"뭐? 어떻게 했기에 수도꼭지가 빠져? 새 아파튼데."

"나도 몰라."

"그거 내놔봐. 빠진 게 아니라 부러진 거네. 이거 힘이 장사네, 장사야. 너는 왜 축구를 했니? 축구 말고 역도를 하지 그랬어. 그랬으면 금메달을 땄을 거 아냐."

나는 잘못한 것을 알기에 한마디도 하지 않고 조용히 반성의 시간을 가졌다.

*

위층에서 들리는 소음 때문에 잠이 오지 않았다. 전날은 너무 피곤해서였는지 아무 소리도 못 들었다. 그런데 어젯밤엔 이불을 덮어쓰고 귀를 틀어막아도 소용없었다. 도대체 집에서 무엇을 하기에 긁는 소리가 계속 들리는지 모르겠다. 나는 세휘 방으로 갔다. 세휘도 잠을 이루지 못하고 멍하게 앉아 있었다.

"긁는 소리 때문에 잠이 안 와."

"긁는 소리?"

"위층에서 들리는 소리 말이야."

"무슨 소리야. 위층에서 들리는 소리는 애들 뛰는 소리지. 다다다다, 이 소리."

"내 방에선 긁는 소리 들렸어."

세휘는 눈에 핏발이 섰다. 내일 출근하려면 잠을 자둬야 할 텐데. 지금 바로 잠이 들어도 얼마 못 잔다.

"다다다다."

세휘의 방에서는 정말 아이들이 뛰는 소리가 들렸다. 이쪽 끝에서 저쪽 끝까지 쉬지 않고 아이들이 뛰어다녔다.

"조용히 하라고 인터폰 할까?"

세휘가 물었다.

"잠깐만."

나는 어째야 할지 판단이 서지 않았다. 여기 온 지 며칠 되지도 않았는데 벌써 이웃과 얼굴을 붉히고 싶지 않았다.

"오늘만 참자. 내일 낮에 올라가서 얘기해도 되고."

나는 안방으로 돌아오며 옥탑방의 주인아줌마를 떠올렸다. 주인아줌마도 우리처럼 고통스러웠을까. 장난 좀 그만 칠 걸 뒤늦게 후회가 되었다. 문밖에서 세휘가 물었다.

"자니?"

나는 가만히 있었다. 숨소리도 새어 나가지 않게.

"자냐고?"

"응, 자."

"자는데 어떻게 대답해?"

문을 벌컥 열고 세휘가 방에 들어왔다.

"같이 자자."

세휘가 전등을 켰다. 나는 눈이 부셔 있는 대로 인상을 썼다.

"왜, 또?"

"위층에서 뛰는 소리가 계속 나서 잠이 안 와."

방이 4개나 되는데 같이 자야 한다니. 정말 싫었다.

"옆에서 조용히 잘게. 오늘 하루만. 응? 여름아."

"알았어. 알았으니까, 잔말 말고 빨리 자."

잠이 안 왔다. 아무래도 형광등 불빛 때문인 것 같았다.

"불 좀 끄자. 환하니까 잠이 안 와."

"싫어. 무섭단 말이야."

"뭐가 그렇게 무섭다는 거야?"

"전에 얘기했었잖아. 여기 공동묘지 밀고 아파트 지은 거라고."

"넌 그 얘길 다 믿니?"

"사실 그것보다 아파트에서 자살한 사람들이 더 무섭긴 해."

아파트에 유령이 출몰한다는 소문이 떠돌기 시작한 건 부실시공 소송이 있고 난 뒤부터였다. 공동묘지 귀신 이야기는 건설사에서 퍼트렸다는 게 정설이었다. 4기 신도시 부실시공 아파트 폭동의 직접적인 원인이 되었던 릴레이 자살 사건, 그때의 원혼이 아파트를 떠돈다는 루머를 덮기 위해서 그랬다고들 했다.

“귀신을 무서워하면 애고, 사람을 무서워하면 어른이래. 계속 이상한 소리 할 거면 네 방 가서 자.”

나는 세휘를 쫓아내고 불을 탁, 꺼버렸다.

새벽녘인 듯했다.

“여름아, 눈 좀 떠봐.”

세휘가 나를 흔들어 깨웠다.

“넌 또 언제 들어왔어?”

“이상한 소리 난다니까.”

세휘가 등에 찰싹 달라붙었다. 혹도 이런 혹이 없었다.

“도저히 혼자선 못 자겠어.”

“뭔 소리가 난다는 거야?”

“집중해서 들어봐.”

무슨 소리가 들리는 듯했다. 쥐가 벽을 갉아대는 소리 같기도 하고 오래된 책상이 삐걱거리는 소리 같기도 했다. 하지만 정확한 건 모르겠다.

“무슨 소리 같아?”

세휘가 물었다.

“몰라. 너는?”

“좁은 틈에 낀 새가 날갯짓하는 소리.”

“새가 여기 왜 있어?”

소음이 들리는 것만은 확실했다.

“같이 자는 건 진짜 오늘이 마지막이야.”

세휘는 그러겠다고 했지만 그 말이 지켜지지 않을 걸 나는 알고 있었다.

*

아침에 지영 언니가 왔다. 세휘가 첫 출근 하는 날이라 온 거 같았다.

“혹시 불편했던 건 없고?”

나는 조심스럽게 말했다.

“욕실 수도꼭지가 빠졌어요. 살짝 힘을 줬는데 그냥 빠지더라고요.”

나는 지영 언니의 눈치를 봤다. 지영 언니가 욕실에 들어가서 수도꼭지를 살폈다.

“혹시 욕조 사용했니?”

“아니요.”

지영 언니는 떨떠름한 표정으로 망가진 수도꼭지를 꼼꼼히 살폈다. 가슴이 방망이질 쳤다.

"수리해야지 뭐."

지영 언니는 대수롭지 않다는 반응이었다. 은근히 걱정했는데 다행이었다.

"35만 원이야."

"예?"

"고치는 데 35만 원 든다고."

"우리보고 수리비를 내라는 거예요?"

"부품비만 받는 거야. 저 수도꼭지 이태리 직수입 제품이야. 시중에서 사려면 100만 원이 넘어."

나는 뒤늦게 사기당한 걸 눈치챘다. 하우스 마루타를 하다가 자살하는 사람이 많다던데 혹시 이런 이유는 아니었을까. 아파트가 망가져 판매할 수 없다며 강매하는 경우도 있다는데 어쩌면 여기 아파트도 그럴지 몰랐다.

지영 언니가 전화하고 얼마 지나지 않아 하자 공사를 하는 아저씨가 왔다. 아저씨는 금방 수도꼭지를 갈았다. 나는 안절부절못했다. 수중에 돈이 없었기 때문이다. 아파트 강매야 재산이 전혀 없으니 해당 사항이 아니었다.

"여름이 돈 없지? 다음 달에 받을 보조금 100만 원에서 차감하는 걸로 해놓을게. 특별히 신경 써준 거야."

"고마워요, 언니."

나는 어색하게 웃었다.

"우리 사이에 이 정도로 뭘 그래. 여름아, 부담 갖지 말고 힘든 일 있으면 언니 찾아와. 사무실 어딘지 알지?"

겉으로는 알겠다고 고개를 끄덕였다. 저 여우한테 두 번은 속아 넘어가지 말아야지. 나는 다시 한 번 결심했다. 잘해주는 게 왠지 더 수상했다.

"근데 언니, 저희 집 위층에 누가 살아요?"

"비었어."

"하우스 마루타도 안 살아요?"

"하우스 마루타 아니고 하우스 매니저. 하여튼 아무도 없어. 비었어. 이 라인에 사람이 사는 집은 여기 하나야."

그렇다면 밤새 우리가 들었던 소리는 무엇이었을까.

"왜?"

"위층에서 소음이 심하게 나서요. 잠을 거의 못 잤거든요."

"잘못 들은 거겠지. 사람이 안 사는데 소음이 어떻게 나."

착각인지는 모르겠지만 지영 언니의 낯빛이 순간 변한 것 같았다. 살짝 당황하는 것도 같았고. 하지만 정확한 건 아니었다.

"세휘도 같이 들었거든요."

"아무도 없다고. 왜 같은 말을 자꾸 반복하게 해. 얘가 말귀를 못 알아듣네."

지영 언니는 괜히 화를 냈다. 나는 지영 언니를 빤히 봤다. 얼굴을 보는 것만으로 알아낼 수 있는 건 아무것도 없었다.

세휘가 방에서 어기적어기적 걸어 나왔다. 슈트가 어색한지 연신 몸을 흔들었다.

“슈트 입으니까 정말 멋진 거 같아요. 세휘 씨, 앞으로 슈트만 입어요. 색상도 잘 어울리고 핏도 딱이네. 중고 같지 않고 맞춤 같아요.”

입에 침이나 바르고 거짓말을 하지. 슈트는 세휘한테 작았다. 소매는 짧았고 품은 꽉 끼었다. 바지는 깡총하니 짧아서 발목이 다 보였다. 채플린이 영화에서 입었던 의상과 유사했다.

“진짜 잘 어울려요?”

세휘는 몸을 또 배배 틀었다.

“여름아, 나 어때?”

“어떻기는 스크류바 같지 뭐.”

세휘는 그 말이 무슨 뜻인지 몰라 어리둥절해했다. 지영 언니가 재빨리 끼어들었다.

“세휘 씨, 지금 같이 나가요. 더 지체하면 지각이에요.”

“알았어요. 여름아, 갔다 올게.”

세휘는 지영 언니하고 사이좋게 현관문을 나섰다.

창문을 열어 환기하고 청소기를 돌렸다. 아파트를 깨끗하게 사용하는 건 입주 조건 중 하나였다. 스팀 청소기에 전용 걸레를 끼워서 바닥을 깨끗이 닦았다. 유리세정제를 뿌리고 유리를 뽀드득 닦았다. 창문의 개수가 많았다. 그 많은 창문을 다 닦고 나니 허리가 아팠다. 소파에 앉아서 잠시 쉬다가 욕실 청소를 했다. 현관 청소까지 마무리하고 났더니 사우나에 들어갔다 나온 것처럼 땀범벅이 되었다. 창문을 닫고 에어컨을 켜니 금방 시원해졌다. 이 집에서 유일하게 사용이 허락된 것이 텔레비전과 에어컨이었다. 하우스 마루타가 실제로 살고 있는 집이 보고 싶다는 고객이 찾아오게 되면 이 두 가지 가전은 꼭 켜두어야 했다.

벌써 오전 시간이 다 지나갔다. 12시에 관리사무소 앞에서 세휘를 만나기로 했다. 점심을 같이 나눠 먹기 위해서 만나는 것이다. 외출하려면 준비가 필요했다. 아파트 단지를 다닐 때 단정한 복장은 또 다른 입주 조건이었다. 나는 깨끗하게 빨아서 정성 들여 다림질해놓은 축구 유니폼을 꺼내 입었다. 그 위에 체크무늬 남방을 겹쳐 입었다. 하의는 아디다스 남색 운동복을 입었다. 그것이 내가 입을 수 있는 가장 단정한 복장이었다. 가방에 축구공을 챙겨 넣고 스냅백을 쓰고 집을 나섰다.

엘리베이터가 먹통이었다. 아무리 버튼을 눌러도 1층에

서 움직이지 않았다. 난간에 의지해서 계단을 걸어서 내려갔다. 계단은 오르는 것보다 내려가는 게 더 힘들었다. 퇴행성관절염의 전형적인 증상이었다. 두 층을 내려왔을 때였다. 계단을 걸어 올라오는 사람과 마주쳤다. 마트료시카 인형처럼 누더기 옷을 겹겹이 입은 남자였는데 골룸처럼 머리카락이 거의 남아 있지 않았다. 남자의 외모가 너무 충격적이라 순간 놀라서 말문이 막혔다. 누더기 남자 또한 몸이 굳은 듯 미동이 없었다.

나는 겨우 말했다.

"누구세요?"

후다닥, 소리를 내며 누더기 남자가 계단을 뛰어 올라갔다. 나는 뒤돌아서 남자가 시야에서 사라지는 것을 지켜보았다. 지영 언니는 우리 라인에는 아무도 살지 않는다고 했지만 그게 아닐지도 몰랐다. 어젯밤 위층에서 소리를 냈던 것은 누더기 남자가 아니었을까.

관리사무소와 한 블록 떨어진 노인정 건물 앞에서 세휘를 만났다. 세휘는 푸드 트럭에서 배식받은 점심을 들고 왔다. 우리는 노인정 뒤편에 있는 등나무 그늘에 앉았다. 점심은 닭볶음탕, 달걀말이, 콩자반, 총각김치가 나왔다.

"빨리 먹어, 한 번 더 담아 오게."

"더 먹을 수 있어?"

"뷔페처럼 각자 담아 먹는 거니까 음식이 남아 있으면 몇 번이고 가져다 먹을 수 있지."

"좋아, 좋아."

나는 한껏 기분이 좋았다.

"여름아, 그러지 말고 내일부터 같이 일하지 않을래?"

"생각 좀 해보고."

밥을 먹는 건 좋지만 일을 하는 건 내키지 않았다. 나는 일은 안 하고 밥만 얻어먹을 궁리를 했다. 세휘는 음식을 두 번 더 가져왔다.

"이제 없어."

"괜찮아. 배불러."

급하게 많은 양을 먹어서인지 속이 부대꼈다. 운동장에서 공을 차면 금방 내려갈 텐데. 세휘가 사무실에 들어가서 커피를 타 왔다.

"계단에 사는 남자가 있다고?"

"분명해. 행색이 집 안에서 사는 거 같진 않았어."

"그게 가능해?"

나는 어깨를 으쓱해 보였다.

"일은 어때?"

"아직 잘 모르겠어."

"오전 내내 전화만 걸었어?"

"응. 핸드폰에 저장된 번호 중에 바뀐 경우가 엄청 많더라고."

"실적은 있어?"

"아직은 없어."

나는 아파트 청소를 얼마나 완벽하게 해놨는지 일일이 설명했다. 세휘가 수고했다고 말해줬다. 나도 세휘한테 수고했다고 칭찬해주었다. 점심시간이 끝나가고 있었다. 세휘는 사무실로 돌아가야 했다. 나는 축구를 하러 갈 생각이었다. 우리는 자리에서 일어났다.

며칠 전에 관리사무소에서 만났던 남자 직원을 우연히 만났다. 세휘하고 나는 그 남자를 '왕뚜껑'이라고 불렀다. 왕뚜껑이 나를 보더니 화들짝 놀랐다.

"왜 그래요?"

"이러고 다니다가 소장님 만나면 큰일 나요."

왕뚜껑이 내 복장을 지적했다. 아파트 품위에 맞는 옷이 아니라고 했다. 지금 내 복장은 딱 서민 아파트 패션이라고 했다. 그리고 소장은 서민 아파트 패션을 경멸한다고 했다. 잘못 걸리면 아파트에서 쫓겨날 수도 있었다. 계약서에 그런 문구가 있었던가? 본 듯도 하고 아닌 듯도 했다. 계약서를 확인할 시간이 지나치게 짧았던 탓이다. 왕뚜껑이 강한 어조로 말했다.

"트레이닝복만 아니면 돼요."

"트레이닝복밖에 없는걸요."

"그럼 집에서 나오지 말아요. 정 답답하면 밤에 나오든가요. 깜깜하니까 뭘 입었는지 아무도 모를 거 아니에요."

왕뚜껑은 쫓겨나기 전에 당장 집으로 돌아가라고 했다. 곧 있으면 소장이 테니스를 칠 시간이라면서.

나는 축구도 못 하고 집에 돌아왔다. 혹시 계단에 누더기 남자가 있지는 않을까 둘러봤지만 보이지 않았다. 다행히 엘리베이터는 작동이 되었다. 집이 넓어서 공을 가지고 놀기가 나쁘지 않았다. 쿵쿵거린다고 항의할 아래층도 없었다. 나는 신이 나서 공을 드리블하며 놀았다. 문제는 이마로 축구공 오래 튀기기를 하다가 벌어졌다. 처음에는 거실에서 축구공을 튀겼는데 오래 하다 보니까 조금씩 몸이 이동해서 주방까지 가게 되었다. 기록에 욕심을 내다가 균형을 잃고 싱크대에 부딪쳤다. 그런데 싱크대 문짝 한쪽이 떨어져 힘없이 덜렁거렸다.

"어. 이거 또 왜 이래."

나는 싱크대 문짝을 고정하려고 힘을 줘서 밀어 넣었다. 그랬더니 주방 벽에 붙어 있던 타일이 와르르 떨어졌다. 접시 깨지는 소리가 한동안 났다. 그중 몇 개는 깨졌다.

"망했다."

그야말로 멘붕이었다. 괜히 부실시공 얘기가 나돈 게 아니었다. 하자보수 공사를 철저히 했다는 건설업체의 말은 새빨간 거짓말이었다. 나는 겉만 번지르르한 하자투성이 아파트에 겁도 없이 입주한 것이다.

'이러다가 다른 하우스 마루타들처럼 죽는 거 아냐.'

덜컥 겁이 났다. 죽는 것도 겁나지만 수리 비용이 더 무서웠다. 수리 비용이 얼마나 나올지 예측이 안 됐다. 결국 지영 언니한테 말하지 않기로 했다. 싱크대 문짝은 떨어진 채로 닫아놓았다. 타일은 눈에 띄지 않게 서랍에 숨겼다.

나는 퇴근하는 세휘를 붙잡고 말했다.

"아파트에 잘못 들어온 거 같아."

"왜?"

"이 아파트 완전 하자투성이야. 우리 계속 여기 살다가는 죽을지도 몰라."

"뭔 소리야. 언제는 집 좋다고 그 난리를 치더니. 여름아, 나 엄청 피곤해. 종일 떠들었더니 진이 다 빠졌어. 일단 좀 쉬고. 얘기는 나중에 해."

그제야 세휘의 얼굴을 바로 보았다. 점심 때만 해도 괜찮아 보였는데 반나절 만에 10년쯤 늙은 얼굴이 되어 돌아왔다. 세휘를 더는 피곤하게 만들고 싶지 않았다. 타일 몇 장 떨어졌다고 아파트가 당장 무너지는 건 아니겠지. 생각보다 그리 큰일이 아닐지도 모른다.

"이거 먹어."

"웬 컵라면?"

"사무실에서 챙겨 왔어."

"너는?"

세휘는 저녁을 먹고 왔다며 방으로 들어가버렸다. 그의 뒷모습은 원양어선을 타러 떠나던 아빠의 뒷모습을 닮았다.

"오세휘, 돈 좀 번다고 유세냐."

나는 괜히 소리 질렀다. 혼자서 식탁에 앉아 컵라면을 먹었다. 조금 쓸쓸했다.

*

주말 저녁이었다. 세휘는 영업에 부쩍 재미를 붙였다. 나는 일상에 조금씩 적응 중이었다. 우리는 오랜만에 느긋하게 밥을 먹었다.

"어머니랑 통화했어."

저녁을 먹다 말고 세휘가 말했다.

"엄마가 너랑 통화할 일이 뭐가 있어?"

"네가 전화 안 받는다고 나한테 하셨더라고."

나는 엄마 전화를 멀리했다. 의논도 없이 하우스 마루타가 된 일로 심하게 다툰 후로 냉전 중이었다.

"식당 그만두셨대."

"뭐 때문에?"

"정확한 이유는 말씀 안 하시는데, 내 생각엔 잘린 거 같아."

"그래서 갈 덴 구했대?"

"못 구한 거 같아. 그래서 내가 여기로 오라고 권해드렸어."

입에서 쌍욕이 튀어나올 뻔했다. 축구를 그만둔 이후로 욕을 끊었다. 근데 얘 때문에 다시 하게 생겼다. 나는 하우스 마루타가 된 걸 진심으로 후회 중이었다. 그런데 엄마한테 이 위험한 일을 권하다니 피가 거꾸로 솟았다.

"우리 엄마한테 어쩜 그럴 수 있어? 엄마가 너한테 어떻게 했는데. 주말마다 불러서 밥 먹이고 옷 사 주고 생일 챙겨주고."

"난 순수하게 여기가 좋아서 권했던 거야. 너도 아파트 좋다고 했잖아. 가족이랑 다 같이 살고 싶다고."

"그건 분양 다 된 후의 일이지. 하우스 마루타 일이 얼마나 위험한 건 줄 알면서 그래?"

"걱정하지 마. 어머니 여기 안 오신대. 한동안 연락 안 돼도 걱정 말래."

엄마는 내가 걱정돼 하루에 서너 번씩 전화했다. 아침에 눈을 뜨면 전화를 해서 이렇게 물었다.

"아직 안 무너졌어?"

비가 오는 날이면 부리나케 또 전화했다.

"물 안 새니?"

바람이 불면 창문 안 날아갔냐고 물었다. 전화 좀 그만하라고 화를 냈다. 엄마는 수신만 가능한 내 핸드폰 탓을 했다. 나는 수시로 연락하는 엄마 때문에 노이로제에 걸릴 지경이었다. 이랬던 엄마가 정말 한동안 연락을 안 하고 견딜 수 있을까. 그냥 하는 말일 확률이 높았다. 엄마는 며칠 지나지 않아 다시 전화할 것이다.

*

은찬이 내가 좋아하는 딸기 크림빵을 잔뜩 사 들고서 집 구경을 왔다. 세휘가 좋아하는 삼겹살과 술, 콜라도 빼놓지 않았다.

"직접 와보니까 어때?"

내가 물었다.

"생각보단 괜찮네."

말은 그렇게 했지만 불안한지 계속 서 있었다.

"앉아."

집이 무너질까 앉질 못하는 듯했다. 뭔 겁이 저렇게 많은

지 모르겠다. 나는 은찬을 끌어다가 소파에 앉게 했다.

"아파트가 좀 춥다."

"에어컨 틀었잖아."

나는 의기양양하게 천장에 설치된 에어컨을 가리켰다. 사실 에어컨을 틀 만큼 더운 날씨는 아니었다. 가을이라 아침저녁으로 선득선득했다. 사실은 은찬이한테 자랑하려고 에어컨을 켜놓았다. 나는 몸을 부르르 떨며 얼른 에어컨을 껐다.

"와, 저 에어컨 완전 최신상인데. 좋다, 아파트."

은찬은 집 안을 둘러보며 조금씩 안정을 되찾았다. 세휘는 신이 나서 삼겹살 구울 준비를 했다. 요리가 금지된 모델하우스에 가까운 집이었지만 우리에게 그런 건 중요하지 않았다. 사람이 사는데 어떻게 요리를 안 해 먹을 수 있단 말인가.

삼겹살 한 근은 금세 우리 배 속으로 사라졌다. 나는 맥주를 소주잔에 따라 마셨다. 술이 부족할 때 쓰는 방법인데 이렇게 마시면 오래 마실 수 있고 취기도 더 빨리 올랐다. 은찬은 얼음을 가득 채운 잔에 소주를 따라 마셨다. 세휘는 콜라가 들어 있는 페트병에 소주를 반병 넣고 빨대를 꽂아 조금씩 빨아 마셨다.

"퍼레이드 일은 할 만해?"

"뮤지컬 팀으로 옮겼어. 단장님이 옮기라고 해서. 내가 노래가 되잖아."

자랑질은 여전했다.

"춤추고 노래하니까, 옛날 생각나더라."

"아이돌 또 하려고?"

내가 물었다.

"그건 아니고. 나이가 몇인데. 나도 살길 찾아야지. 한여름 너는? 축구를 그렇게 좋아하더니."

"찬이 넌 얘를 그렇게 오래 보고도 모르냐? 여름이는 축구에 완전 질렸다니까. 놀고먹는 게 여름이가 바라는 삶이잖아."

축구에 질렸다는 말도 맞지만 기회가 된다면 한 번쯤 경기를 뛰고 싶기도 했다. 나는 무릎을 지그시 눌러봤다. 찌릿찌릿했다. 사고 후유증 때문에 선수 생활을 접었다. 하지만 사고가 없었더라도 내 몸으로는 오래 뛸 수 없었다. 무식하게 연습을 많이 한 결과였다. 내 무릎은 연골이 다 닳아빠졌다. 뭐든 많이 쓰면 빨리 닳는 법이다.

*

방송국 촬영이 잡혔다. 세휘는 출근을 하지 않고 촬영 준비를 했다. 오전 내내 집 청소를 했는데 집은 깨끗해 보이지 않았다. 지영 언니가 도시락을 들고 찾아왔다. 집 상태를 본 지영 언니는 비명을 질렀다.

"집이 왜 이 모양이야?"

나는 잘못한 것도 없이 주눅이 들었다. 지영 언니는 싱크대 문짝이 떨어진 것을 금방 알아챘다. 서랍에서 타일 조각도 찾아냈다.

"마루는 왜 금이 갔어?"

내가 축구를 좀 과격하게 하긴 했다. 그렇다고 원목마루가 금이 간다는 건 말이 안 됐다.

"침대에서 잤어?"

나는 아니라는 말을 못 했다.

"계약서 자세히 안 읽어봤니?"

나는 입이 열 개라도 할 말이 없었다. 그렇다고 맨바닥에서 잘 수는 없잖은가. 그게 변명이 될 순 없겠지만.

"집이 망가진 부분에 대해서는 다른 날 얘기해. 촬영이 중요하니까."

지영 언니가 전화를 걸어 인부들을 불렀다. 인부들은 5분 만에 아파트에 도착했다. 하나, 둘, 셋, 넷, 다섯……. 모두 열 명이었다. 지영 언니가 지시 사항을 전달했다.

"곧 촬영입니다. 무조건 빨리하세요."

열 명의 인부가 각자 맡은 구역으로 흩어져 일사천리로 공사를 진행했다.

"싱크대 문짝 빨리 달아요. 타일 아저씨, 시간 없어요. 본드 대충 발라서 붙여요. 빨리, 빨리요. 곧 방송국 사람들 온다고요."

금이 간 마룻바닥을 깔고 있는 인부한테도, 월풀 욕조를 수리 중인 인부한테도 빨리하라고 채근했다. 드릴 소리, 타일 깨지는 소리, 벽지가 찢어지는 소리 등 온갖 소음이 난무했다.

"걱정할 거 없어."

지영 언니는 아저씨들 모두 이 방면에 베테랑이라 걱정할 것 없다고 말했다. 하지만 내 눈에는 미덥지 못했다. 타일은 접착제를 조금 바르고 대충 붙였다. 힘을 줘서 누른다거나 하는 행동은 없었다. 망가진 싱크대는 전동드릴로 나사를 한 번 돌리는 게 끝이었다. 금이 간 마룻바닥은 무늬목 시트지를 재단해서 붙였다. 그렇게 공사는 순식간에 끝이 났다.

"좋았어."

지영 언니는 만족해했다.

"인테리어 팀 들어오세요."

인부들이 돌아가고 이번에는 인테리어 전문가들이 왔

다. 커튼을 새것으로 바꿔 달고 침구도 모두 바꾸었다. 디자인이 예쁜 냄비와 프라이팬을 인덕션 위에 올려놓았다. 커다란 바구니에 먹음직한 과일을 담아 식탁에 올려놓았다. 소파며 장식이며 가구를 싹 바꿨다. 화려한 소품을 집 안 곳곳에 배치했다. 영화에나 나올 법한 카펫을 거실에 깔았다. 뒤이어 생화, 쿠션, 외국 잡지까지 줄줄이 들어왔다. 실내장식이 끝나고 마루 광택 작업까지 마치자, 집은 화려한 모델하우스로 다시 태어났다.

"한여름, 뭐 하고 서 있어? 빨리 준비 안 하고."

나는 지영 언니가 빌려준 정장을 입었다. 길이는 맞는데 사이즈가 컸다. 자루를 덮어쓴 것처럼 이물감이 들었다. 허리띠를 잔뜩 졸라맸지만 바지춤이 흘러내렸다. 나는 몇 걸음 걸을 때마다 바지를 추슬렀다. 지영 언니가 비비크림을 바르라고 줬지만 바르지 않았다. 머리는 평소처럼 감고 빗질만 했다.

세휘는 평소에 입던 슈트에 넥타이를 맸다. 파란색 넥타이였는데 지영 언니가 선물한 것이었다. 세휘는 왁스를 발라 머리카락을 뒤로 넘겼다. 비비크림을 과하게 발라서 얼굴만 허옇게 둥둥 떠다녔다.

촬영이 시작되었다.

"어떻게 하우스 매니저가 될 생각을 하셨나요?"

리포터의 질문에 세휘는 외웠던 대답을 그대로 읊었다.

"예전부터 건설업계에서 일하는 게 꿈이었어요. 미래에 아파트를 지어보고 싶은 마음도 있고요."

"아직 젊은데 대단한 꿈을 가지셨네요."

"네, 감사합니다. 그러던 차에 대법원에서 3년을 끌어오던 4기 신도시 부실시공 아파트 분양 계약 원천 무효 판결이 났어요. 그 일이 사회적으로 큰 이슈가 되었잖아요. 저는 의문이 들었어요. 부실이 얼마나 크면 이런 판결이 나올까 하고요. 제 눈으로 확인하고 싶은 마음이 컸어요. 나중에 제가 부실 아파트를 지으면 안 되니까요."

마지막 말을 할 때 세휘는 농담처럼 웃음기가 묻어나는 목소리를 냈다. 지영 언니가 시키는 그대로 재현한 것이다.

"그래서 직접 살아보니까 어떻던가요? 정말 사람이 살 수 없을 정도로 부실이 심했어요?"

"제가 지금 사는 집을 보세요. 곰팡이가 집을 뒤덮었나요? 아니면 하수도가 역류를 하나요? 붙박이 가구에서 혹 파리가 떼로 나오지도 않아요. 보시다시피 아늑하게 잘 지어진 평범한 아파트예요."

"평범하다니요. 집이 정말 좋네요, 고급스럽고. 저도 이런 집에서 한번 살아봤으면 좋겠어요."

"하우스 매니저가 되면 누구나 이런 집에서 살 수 있어요. 리포터님도 방송 그만하시고 하우스 매니저 되실 생각 없으세요?"

"정말 그럴까요?"

세휘는 한 번도 NG를 내지 않고 인터뷰를 편하게 마쳤다. 지영 언니는 세휘의 매니저라도 되는 것처럼 땀을 닦아 주고 음료수를 대령했다.

다음은 내 차례였다. 리포터가 질문했다.

"하우스 매니저는 구체적으로 어떤 일을 하는 사람들인가요?"

어젯밤 내내 외웠는데 쉽게 말이 나오지 않았다. 나는 NG를 내고 말았다. 리포터가 부담 갖지 말고 천천히 하라고 응원해줬다. 내리 NG를 냈더니 분위기가 험하게 돌아갔다. 피디한테 인상을 너무 쓴다는 지적까지 받았다. 그러자 나는 완전히 의욕을 잃었다. 결국 내 질문도 세휘가 대답하기로 했다.

"지금처럼 방송에 출연해서 아파트를 홍보하기도 하고요, 고객에게 직접 우리 아파트를 소개하기도 해요. 가장 중요한 업무는 아파트에 입주해서 먹고 자고 실제로 생활하면서 안전한 아파트라는 인식을 고객들에게 심어드리는 일을 하고 있어요."

세휘는 내 대답까지 완벽하게 외우고 있었다. 지영 언니가 세휘를 보고 양손을 번쩍 들어 보였다.

촬영은 늦게까지 계속되었다. 자꾸만 하품이 나왔다. 배도 고팠다. 세휘는 뭐가 신이 나는지 싱글벙글이었다. 소파에 앉아서 텔레비전을 보거나 싱크대에서 설거지하는 장면을 계속해서 찍었다. 그때마다 어색하다는 지적을 받았다.

"한여름, 왜 그래?"

지영 언니가 나를 부르더니 똑바로 하라고 잔소리를 늘어놓았다. 그렇게 잘하면 본인이 직접 하지. 나는 속으로 생각했다. 그 후에도 NG를 여러 번 냈다. 결국 피디가 지영 언니한테 대신 하라고 시켰다.

"피디님 그건 절대 안 돼요."

"왜 안 돼요?"

"제가 여기 사는 게 아닌데 사는 것처럼 찍으면 거짓 방송이 되는 거잖아요."

지영 언니가 정색하고 피디한테 따졌다. 피디는 할 말이 없는지 입을 닫았다. 나는 기가 찼다. 대본까지 있는 촬영이었다. 이것이 광고하고 뭐가 다른지 모르겠다. 누구보다 그 사실을 잘 아는 지영 언니가 거짓 방송을 논하는 게 코미디였다.

"컷!"

감독이 외쳤다. 영원히 끝나지 않을 것 같던 촬영이 드디어 끝났다. 다들 뒷정리를 하느라 정신이 없었다.

"쨍그랑."

주방에서 그릇 깨지는 소리가 들렸다. 주방에 가봤더니 낮에 붙여놓았던 타일이 떨어져서 깨져 있었다. 지영 언니가 아무도 모르게 타일 조각을 집어서 핸드백에 챙겨 넣었다. 다행히 방송국 사람 중 주방에 관심 있는 사람은 없었다. 다들 한시라도 빨리 철수하고 싶은 듯 몸을 급하게 움직였다.

"쨍그랑, 쨍그랑, 쨍그랑."

타일은 붙인 순서에 맞춰서 주르륵 떨어졌다. 리포터가 주방 쪽을 쳐다보았다. 순식간에 얼굴빛이 창백하게 변했다. 그녀는 부리나케 가방을 챙겨서 급하게 아파트를 빠져나갔다. 피디가 소리쳤다.

"빨리 정리해. 늦었어."

스태프들이 서둘렀다. 잠시라도 이곳에 더 머물고 싶지 않은 것처럼. 얼마 지나지 않아 정리가 다 끝났다. 지영 언니가 방송국 사람들한테 말했다.

"푸드 트럭에 한우 준비해놨어요. 다들 식사하고 가세요."

한우란 소리에 입 안 가득 침이 고였다. 마블링이 물결처럼 굽이치는 꽃등심을 숯불에 살짝 구워 소금에 찍어 먹으면 세상을 다 가진 것처럼 행복할 것이다. 지영 언니는 방송국 사람들을 데리고 가버렸다. 우리한테는 같이 가자는 말을 하지 않았다. 거실이 횅댕그렁했다.

"소고기 먹고 싶어."

"나도."

우울함에 빠진 것도 잠시였다. 나는 급하게 주방으로 향했다. 내 뒤를 세휘가 쫓았다. 낮에 인테리어를 해줬던 분들이 와서 물건을 걷어가는 중이었다. 나는 과일 바구니를 잡고 놓지 않았다.

"그거 놔요."

나는 싫다며 고개를 흔들었다.

"놓으라고요."

나는 더 세게 고개를 흔들었다.

"왜 저래 정말. 별꼴이야."

일하는 분이 과일 바구니를 힘껏 잡아당겼다. 나는 맥없이 바구니를 뺏겼다. 울음이 터져 나올 것 같았다.

"멜론 저희 주시면 안 돼요?"

"……."

"바나나라도."

"……."

"그럼, 오렌지."

"……."

"사과 한 알만."

일하는 분은 단호히 고개를 젓고는 과일 바구니를 들고 아파트를 나가버렸다.

"탁!"

현관문 닫히는 소리가 들렸다. 다시 세휘와 나만 남았다.

"여름아, 돈 벌어서 내가 다 사 줄게. 네가 제일 좋아하는 수박 배불리 먹게 해줄게. 그러니까 슬퍼하지 마."

그나마 곁에 세휘가 있어서 다행이다 싶었다.

*

관리사무소에 갔다. 생활 보조금 명목으로 나오는 월급이 한 푼도 들어오지 않아서 알아보러 간 것이다.

"잠깐만요."

경리가 키보드를 소리 나게 눌렀다.

"아파트를 험하게 쓰셨나 봐요. 수리비로 다 나가서 이번 달 받을 돈이 없네요."

모니터를 들여다보던 경리의 낯빛이 급격히 나빠졌다. 그녀는 나를 불쌍하게 올려다보았다.

"다음 달에도 월급 못 받으시겠는데요."

"네? 아니 수리비가 도대체 얼마인데 그래요?"

경리가 서류를 한 장 뽑아 주었다. 수리비 청구서를 받아 들고 기절하는 줄 알았다. 갚아야 할 돈이 500만 원이 넘었다. 다음 달뿐만 아니라 그다음 달 또 그다음 달까지 월급은 없었다. 아파트는 그사이 또 망가지겠지. 결국 나는 영원히 월급을 못 받게 되고 말 것이다. 당장 일을 시작해야 했다. 근데 일할 데가 없었다. 일자리 구하기가 하늘의 별 따기였다. 다 핑계고 일하기가 죽기보다 싫었다. 세휘가 돈을 벌어와서 당장 굶어 죽을 걱정이 없다는 게 그나마 다행이었다.

퇴근한 세휘가 물었다.

"월급 들어왔어?"

"아니."

나는 낮에 있었던 일을 세휘한테 말해줬다.

"기운 내, 여름아."

"관리비는 어쩌지?"

고급 아파트라 그런지 관리비가 유난히 비쌌다.

"내가 낼게."

세휘는 벌이가 나쁘지 않은 모양이었다.

"식비도 한 푼 못 내게 됐어."

"그래도 괜찮아. 내가 다 낼게."

세휘는 유난히 기분이 좋았다.

"여름이 뭐 해. '세상의 모든 이상한 직업들' 볼 준비 안 하고."

그제야 생각났다. 저번에 촬영한 프로그램이 오늘 방영될 예정이었다. 웬일로 퇴근하고도 생생한가 했더니 이유가 이거였다. 세휘는 급하게 주방으로 들어갔다. 먹을 걸 준비할 모양이었다. 나는 소파에 앉아서 텔레비전을 켰다. 아직 광고 중이었다. 화면 상단에 하우스 매니저 편이라고 적혀 있었고 그 밑에 방송 시작 시각이 빨갛게 표시되어 있었다. 58, 57, 56, 55, 54……. 1초씩 떨어졌다. 나는 주방에 대고 소리쳤다.

"곧 시작인데 빨리 오지 않고 뭐 해."

"지금 가."

세휘가 콜라와 팝콘을 가져왔다. 우리는 팝콘을 먹으며 방송을 시청했다. 총 방송 시간 45분 동안 우리 아파트 단지가 나온 것은 10분 남짓이었다. 그중에서 우리 집은 5분쯤 나왔다. 화면으로 보니까 집이 더 근사했다. 나는 집을 훑어보며 작게 한숨을 쉬었다. 몇 주 사이에 집이 아주 흉가가 다 되었다.

"방송 분량이 좀 짧다."

세휘가 아쉬워했다. 그가 인터뷰한 장면은 전부 나왔다. 나는 설거지를 하는 뒷모습만 잡혔다.

"하우스 마루타가 되길 정말 잘한 거 같아. 텔레비전에도 나오고."

세휘는 아주 좋아 죽었다.

"나 인터뷰 진짜 잘하지? 찬이보다 내가 화면을 더 잘 받는 거 같지 않아?"

"전화나 받아."

아까부터 세휘의 전화는 쉬지 않고 울려댔다. 방송을 본 지인들이 연락해온 것이다.

"홀로그램으로 통화 좀 하고 올게."

세휘는 자기 방으로 들어갔다. 역시 사설 통신사 서비스가 좋았다. 하우스 매니저의 통신비는 건설사가 부담하기에 가능한 일이었다.

엄마가 오랜만에 전화해서는 대뜸 방송 잘 봤다고 인사했다. 뒷모습만 보고 나인 걸 아는 사람은 엄마뿐일 것이다.

"세휘가 화면발 잘 받더라."

세휘를 칭찬하는 말이 왜 이렇게 듣기 싫은지 모르겠다.

"분장해서 그래."

"아파트 좋더라. 소문이랑 다르던데. 이럴 줄 알았으면 나도 하우스 마루타가 될 걸 그랬어."

"엄마, 잘 모르면서 그런 소리 하지 마."

나는 정색했다. 엄마는 쌍둥이가 있는 집에 입주 보모로 들어갔다. 애 둘 키우는 게 식당에서 일하는 것보다 더 힘들다고 죽는소릴 했다.

"쌍둥이들은?"

"재웠어."

엄마는 피곤한지 하품을 늘어지게 했다.

"눈이나 좀 붙이지. 뭐하러 전화했어."

"지금 자면 밤에 못 자. 여름아, 위험하면 당장 나와. 응?"

밝은 척하던 엄마가 정색했다. 그리고 전화를 할 때마다 반복하던 말을 꺼냈다.

"아파트 무너질까 봐 정말 걱정돼서 그래."

"괜찮대도."

"월세 보증금은 엄마가 어떻게든 마련해볼게."

"엄마가 무슨 능력으로. 내가 알아서 할 거니까 걱정 좀 하지 마. 아빠는? 잘 지내셔?"

아빠 말이 나오자 엄마는 반색했다.

"맞다. 그 말 하려고 전화한 건데. 여름아, 아빠한테 편지 왔어. 참치가 잘 잡혀서 생각보다 빨리 들어올 거 같대. 아빠 오시면 우리 같이 모여서 살자."

나는 가슴이 두근거렸다. 매일 꿈꾸던 일이 이제야 이뤄질 모양이었다.

"잘됐다. 아빠 언제 들어오신대?"

"내년 가을쯤."

김이 팍 샜다. 아직 1년이나 남았다. 하긴 원양어선이라는 게 한번 나가면 3년씩 못 돌아온다니까. 내년에 오면 빨리 돌아오는 것이다. 아기가 칭얼대는 소리가 들렸다. 쌍둥이가 잠에서 깬 모양이었다. 두 녀석이 한꺼번에 우니까 정신이 없었다.

"엄마, 쌍둥이 봐."

"그래, 또 전화할게."

*

요즘 세휘는 하루가 다르게 얼굴에 생기가 돌았다. 젖살이 빠져 얼굴형이 날렵해지면서 잘생겨졌다. 위층에서 나는 소리 때문에 밤잠을 설쳤는데도 출근할 때는 힘이 넘쳤다. 방송에 나가고 나서 영업이 부쩍 잘되는 모양이었다. 나가서 얼마나 말을 많이 하는지 목이 잔뜩 쉰 채로 퇴근하는 날이 많아졌다.

"여름아, 이거 먹어."

일주일에 세 번 편의점 배달차가 들어오는 날이면 먹을 것을 잔뜩 들고 왔다. 나는 얼굴이 자꾸만 부었다. 인스턴트를 잔뜩 먹어서 그랬다. 세휘는 옷도 갈아입지 않고 소파에 가서 누웠다.

"아, 피곤해."

입만 열면 피곤하단다. 피곤하다는 말이 아주 듣기 싫어 죽겠다.

"좀 씻어."

나는 질색했다.

"조금만 있다가."

"언제? 그러고 있다가 또 잘 거잖아."

"잔소리 좀 그만해."

세휘는 귀를 틀어막았다. 듣기도 말하기도 싫다는 제스처였다.

"먹을 것만 안겨주면 다냐."

나는 혼자서 씩씩거렸다. 종일 집에서 세휘만 기다렸다. 며칠 말을 못 했더니 말이 너무 하고 싶었다. 수신만 되고 발신이 되지 않는 핸드폰은 있으나 마나 했다. 은찬이하고 통화하고 싶은데 공용 와이파이가 없어서 그러지도 못했다. 이런 날은 엄마마저 전화를 걸지 않았다.

"자?"

"……."

"뭐라고 말 좀 해봐."

"다음에 해. 나 지금 엄청 피곤해."

세휘는 말 한마디 하지 않는 날이 많았다. 질문을 해도 단답형으로 대답을 하거나 피곤하다며 주말에 얘기하자고 했다. 세휘는 자러 들어가기 직전까지 텔레비전을 봤다. 이상한 건 다음 날 아침만 되면 전날 밤과는 다르게 싱싱한 모습이 된다는 것이다. 그는 그 누구보다 활기차게 출근했다.

집에 돌아오는 시간이 점점 늦어졌다. 퇴근 후 지영 언니의 차를 타고 서울에 자주 나갔다. 뭘 하고 다니는지 어떤 날은 외박을 하기도 했다. 나는 별말 하지 않았다. 어느 날부터 세휘의 눈치를 보게 됐다.

"목말라? 물 좀 줄까?"

나는 말할 사람이 없어서 거실 창가에 놓인 파키라 화분하고 대화를 시도했다. 초겨울이라 햇볕이 부족해서 키만 삐죽이 자란 파키라는 아무런 말이 없었다.

*

밤에 축구를 하러 나갔다가 누더기 남자를 만났다. 누더기 남자는 중앙 공원과 가까운 단지에서 나왔다. 나는 고개를 들어 아파트를 올려다보았다. 불 켜진 집은 없었다.

"여기 사세요?"

누더기 남자는 아주 작은 소리로 말했다.

"제가 여기 산다는 건 비밀이에요."

"왜요?"

나도 덩달아 기어들어가는 목소리로 물었다.

"관리사무소 사람들한테 들키면 감옥 가야 해요."

알고 봤더니 누더기 남자는 '하우스 거지'였다. 분양프리미엄을 바라고 선분양받은 아파트가 폭락하면서 수십 억 빚만 떠안은 채 파산한 사람들을 그렇게 불렀다. 그들은 자신이 분양받은 아파트를 떠나지 못하고 끝없이 배회하는 경우가 많았다. 4기 신도시 같은 경우는 부실시공이 문제가 되어 하우스 거지가 없는 줄 알았다.

"분양 원천 무효 소송에서 이겼잖아요. 빚 다 사라진 거 아니었어요?"

선분양받았던 사람들은 아파트를 포기하고 다 떠난 줄 알았다. 어쨌든 이 재판의 결과 때문에 하우스 마루타라는 직업이 생겼다.

"분양받은 게 아니고 중간에 불법 전매한 거라 구제받지 못했어요. 저 말고도 그런 가구가 좀 있어요."

누더기 남자도 참 안됐다. 어떻게 이런 경우가 다 있는지 모르겠다.

"저 집이 원래 우리 집이었어요."

누더기 남자가 불 꺼진 아파트를 손가락으로 가리켰다.

"1805호요."

그가 가리키는 곳이 정확하게 어딘지 모르겠다.

"매일 와서 봐요. 우리 집이 잘 있나 궁금해서요."

아파트 안에는 들어가지 않는다고 했다. 문을 열 용기가 없어 현관문만 보고 나온다고.

"그럼 잠은 어디서 자요?"

매일 다른 집에서 잔다고 했다. 한 번 잔 집에는 두 번 다시 가지 않았다.

"죽을 때까지 그렇게 해도 다 못 자볼 거예요."

아파트 단지는 그만큼 컸다.

"갔던 아파트에 안 가는 이유는 또 있어요."

"이유가 뭔데요?"

구미가 당겼다. 나는 그 이유가 알고 싶어 누더기 남자를 졸랐다.

"이런 말 좀 그런데…… 똥을 싸고 물을 안 내리고 나오거든요. 건설사 사장을 죽일 수도 없고 아파트에 불을 지를 수도 없는 문제잖아요. 쌓인 화를 풀 길이 그것뿐이라서요."

"아, 그렇구나."

언젠가 갔던 아파트의 비밀이 이렇게 밝혀졌다. 당장 세휘한테 말해주고 싶었다. 나는 금세 마음을 접었다. 보나마나 세휘는 소파에 널브러져 텔레비전이나 보면서 내 말은 듣지도 않을 게 뻔했다.

"이것 좀 봐요."

지금까지 볼일 본 집을 표시해놓은 메모장을 보여주었다.

"제 목표는 이 단지 모든 아파트에 한 번씩 다 싸는 거예요."

나는 뭐라 할 말이 없었다.

"제가 사는 동안 우리 아파트에는 오지 마세요."

"물론이죠."

누더기 남자가 시원스럽게 답했다.

"축구 할래요?"

누더기 남자가 좋다고 했다. 군대에서 축구를 잘해 포상휴가를 나가기도 했단다. 매일 혼자 축구를 하다가 오랜만에 둘이서 했더니 재밌었다. 헤어지면서 다음에 또 축구를 하자고 제안했다.

"기회 되면요."

누더기 남자는 메모장을 보고 오늘 잠을 잘 집을 찾아갔다.

*

핸드폰이 없어졌다. 분명히 사이드 테이블 위에 올려놨

는데 오늘 보니 감쪽같이 사라졌다. 핸드폰이 언제 사라졌는지 모르겠다. 공용 와이파이가 없어서 핸드폰은 무용지물이 된 지 오래였다.

'이상하다.'

핸드폰이 있을 만한 곳을 다 뒤졌지만 나오지 않았다.

"여름아."

세휘가 반찬을 잔뜩 사 들고 왔다. 그중에 젤라틴 장조림도 있었다. 장조림은 내가 좋아하는 반찬 중 한 가지였다. 어렸을 때는 소고기장조림을 자주 먹었는데, 요즘 소고기는 최상류층이나 먹을 수 있었다.

"이게 얼마 만에 먹는 장조림이야. 고마워."

"천천히 많이 먹어."

저녁을 먹고 방에 들어갔더니 사이드 테이블 위에 핸드폰이 놓여 있었다.

'내가 착각한 건가.'

세휘한테 핸드폰에 관해 물어보려고 거실에 나갔다. 세휘는 그새 소파에 앉아 졸고 있었다. 담요를 덮어주고 방에 들어왔다.

다음 날, 세휘가 출근을 한 후에 보니 핸드폰이 사라지고 없었다. 나는 이를 뽀드득 갈며 세휘가 퇴근하기만을 기다렸다.

"내 핸드폰 내놔."

세휘가 들어오자마자 몰아붙였다. 처음에는 모르는 척 하다가 내가 계속 몰아붙였더니 나중에는 바른말을 했다.

"사실은 영업했어."

"내 핸드폰에 저장된 사람들한테 전화해서 영업했다는 거야?"

"응."

화가 머리끝까지 났다. 이 인간이 돈에 미쳤나 싶었다.

"오세휘 똑바로 말해. 전화해서 내 이름 말했어, 안 했어?"

세휘는 바로 말을 못 했다. 내 이름을 팔아먹었다는 실토나 다름없었다.

"뭐라고 하면서 영업했어. 토씨 하나 빼놓지 말고 말해."

"어떻게 토씨 하나 안 빼놓고 말을 해. 매번 다르게 말을 하는데."

"토 달지 말고."

"알았어. 한여름 친구 오세휘라고 합니다. 여름이한테 얘기 듣고 전화하는 건데요, 혹시 하우스 매니저 할 생각 없으세요? 뭐 대충 이렇게 말하면서 영업했어."

화가 나 미칠 듯했다.

"핸드폰 패턴은 어떻게 알았어?"

"당연히 알지. 너도 내 패턴 알잖아."

세휘의 말이 맞았다. 우리 사이에 비밀은 없었다.

"내 지인 중에 하우스 마루타 하겠다는 사람 있었어?"

"아직은 없어. 말이 나와서 하는 건데 여름이 네 친구들은 왜 다 그 모양이야. 죄다 의심병자들이야. 짜증 나게."

"자료 다 폐기해. 그리고 다시 전화하지 마. 내 친구들 여기 들이지 말라고."

"연락도 안 하면서 무슨 친구야."

"야, 오세휘! 너 정말 이럴 거야?"

"알았어. 폐기하면 될 거 아냐. 나만 잘 먹고 잘 살자고 그랬냐. 나도 돈 버느라 힘들어. 까칠하기는."

나는 기분이 있는 대로 상했다. 하지만 더는 아무 말도 하지 않았다. 세휘가 버는 돈으로 먹고살면서 더 뭐라 하기도 그랬다.

*

은찬이 우리가 사는 아파트에 들어와 살겠다고 했다. 놀이동산을 그만둬서 살 집이 마땅찮았다. 은찬이는 다 좋은데 뭐든 오래 하질 못했다. 그는 백 살 노인이 되어서도 더 좋은 직업을 찾아 전전할지도 모른다.

나는 살살 은찬이를 놀렸다.

"노숙했으면 했지, 하우스 마루타는 안 할 거라며?"

"잠깐 있는데 뭔 일이야 생기겠어."

"그렇긴 하지."

은찬은 이번 주말에 이사 오기로 했다. 방과후교사 준비 중이라 주중에는 시간을 내기 힘들었다. 방과후교사의 자격 조건이 은근히 까다로워서 이것저것 준비할 게 많은 모양이었다. 대신 월급이 많았다. 정부는 영유아부터 아동, 청소년한테 돈을 들이부었다. 은찬은 방과후교사를 준비하는 틈틈이 홈쇼핑 모델, 예식장 축가 아르바이트까지 하느라 스케줄이 늘 빡빡했다.

*

지영 언니가 소리 소문도 없이 사라졌다. 은찬이 아파트에 들어오고 얼마 지나지 않아서 생긴 일이었다. 세휘는 빚더미에 앉았다. 지영 언니는 세휘가 아파트를 사는 것처럼 서류를 꾸며서 대출을 왕창 받은 다음 종적을 감춘 것이다. 알고 보니 지영 언니한테 사기를 당한 하우스 마루타가 한둘이 아니었다.

"잡히기만 해. 절대 가만 안 둬."

세휘는 사기당한 다른 사람들하고 같이 지영 언니를 잡으러 다녔다. 밥도 먹지 않고 잠도 자지 않았다. 꼭 미친 사람 같았다.

“금방 잡을 거 같아.”

어떤 날은 좋은 소식을 들고 왔고 어떤 날은 절망적인 얼굴로 돌아왔다. 피해자들과 함께 지영 언니를 고소하고 돌아온 날 밤에는 펑펑 소리 내 울었다.

“여름이 말을 들을 걸 그랬어.”

“그랬다면 우린 굶어 죽었을 거야.”

세휘가 일하지 않았다면 정말 그렇게 되고 말았을 것이다. 세휘는 며칠을 앓아누웠다. 열이 오르고 내리기를 반복했다. 가끔 지영 언니를 찾는 헛소리를 해댔다. 걱정을 많이 했는데 세휘는 의외로 쉽게 털고 일어났다. 대출금 때문에 스트레스를 받지도 않았다. 금액이 비현실적으로 커서 갚을 생각을 감히 못 하는 듯했다.

“나도 우리 아빠처럼 빚쟁이가 됐네.”

자신을 버린 아버지 얘기를 꺼냈다. 그는 웬만해선 아버지 얘기를 안 했다.

“너도 너희 아버지도 열심히 살았어. 그건 내가 보증해.”

“고마워, 여름아. 난 이제야 아빠가 좀 이해가 돼.”

빙그레 짓는 미소가 참으로 슬퍼 보였다. 그렇게 우리는 다시 무일푼이 되었다. 지영 언니가 문제가 아니고 당장 끼니를 걱정해야 할 처지에 놓였다.

경찰이 정식으로 수사에 들어갔다. 지영 언니를 잡아서 사기당한 것을 증명하면 대출금은 안 갚아도 된다고 했다.

"관심 없어."

세휘는 시큰둥했다.

"잡히나 안 잡히나 대출금 갚을 생각 없어."

그렇게 지영 언니는 세휘의 기억에서 사라졌다. 내가 지영 언니를 잊었던 방식과 유사했다.

*

세휘가 숨겨둔 라면을 찾는다고 냄비를 다 꺼내놓았다. 그러고는 뚜껑 여닫기를 반복했다. 세 사람이 사는 집에 저렇게 많은 냄비가 왜 필요한지 모르겠다.

"없어졌어."

세휘는 숨겨둔 불닭라면이 사라졌다고 성을 냈다. 다 같이 사라진 불닭라면을 찾기 시작했다. 내가 빈 봉지를 쓰레기통에서 찾아냈다.

"여름이 너였어?"

"아니야."

나는 정말 억울했다. 저번에 주전자 안에 숨겨둔 비빔면을 훔쳐 먹은 건 맞지만 이번에는 정말 아니었다. 아무래도 불닭라면은 은찬이 훔쳐 먹은 것 같았다. 그는 방과후 교사를 준비하느라 지금 벌이가 따로 없었다. 그런데다가 개코처럼 냄새를 잘 맡았다. 범인이라고 해도 이상할 게 전혀 없었다. 어쩌면 세휘가 끓여 먹고 잊어버린 걸 수도 있었다. 세휘는 건망증이 날이 갈수록 심해졌다. 지영 언니 일로 충격이 컸던 탓이다.

"한여름, 봐주는 것도 이번이 마지막이야."

세휘가 설교를 늘어놓았다. 나는 라면이 얻어먹고 싶어서 고개만 주억거렸다. 세휘가 신발장에 숨겨두었던 라면 두 개를 들고 왔다. 마지막으로 남은 라면이었다.

"한 젓가락만."

"한여름, 젓가락 치워."

세휘는 라면을 한 젓가락도 나눠 주려 하지 않았다. 불닭라면을 도둑맞은 것 때문에 화가 많이 난 상태였다.

"내가 너희 삼겹살 먹게 해줄게. 홈쇼핑 모델 일 잡혔어."

그렇게 말하고 은찬은 당당하게 냄비에 젓가락을 넣었다.

"한여름, 너도 먹어."

은찬은 자기 라면인 것처럼 선심을 썼다. 세휘는 말이 없었다. 나는 얼른 면발을 건져 입으로 가져갔다.

엄마가 전화해서 돈 좀 없냐고 물었다. 내가 가진 거라고는 유니폼과 축구공뿐이었다. 엄마 못지않게 나도 돈 때문에 골머리를 앓았다. 밀린 관리비를 내지 않으면 전기와 수도를 끊겠다는 독촉장이 쌓여갔다. 관리비에 연체 이자까지 더해져 금액이 점점 커졌다.

"엄만 나한테 전화해서 할 말이 돈 얘기뿐이야?"

나는 심술이 나서 엄마한테 따졌다.

"그럼 무슨 얘기를 해?"

나는 할 말이 없었다.

"돈은 왜?"

"생리대 사려고."

"엄마 아직도 해?"

"나도 그만하고 싶어."

"내 것 보내줄게."

여성가족부에서 6개월에 한 번씩 생리대를 보내줬는데 아직 넉넉하게 남아 있었다.

"나는 왜 안 줘?"

"50살까지가 대상이야."

엄마는 혜택을 받지 못해서 억울해했다.

"내가 어렸을 때는 생리대가 없어서 신발 깔창을 깔고

그랬어."

"진짜야? 그런 말은 처음 듣는데?"

"실은 나도 들은 얘기야. 넌 뭘 그렇게 따져. 하여튼 공짜로 생리대도 주고 우리나라 정말 살기 좋아졌어."

"우리가 내는 세금으로 다 하는 거거든. 엄마는 이자 갚느라 그렇게 고생하면서 원망스럽지도 않아? 빚내서 집 사라고 누가 펌프질했는지 벌써 다 잊은 거야?"

뚝! 전화가 끊어졌다. 엄마는 듣기 싫은 말을 하면 전화를 끊어버리는 버릇이 있었다.

*

은찬은 저번에 잡혔다던 홈쇼핑 일을 하러 나갔다. 세휘하고 나는 할 일 없이 거실에 앉아 텔레비전을 봤다. 은찬은 생방송 내내 땀을 뻘뻘 흘리며 자전거 페달을 밟고 또 밟았다. 카메라가 은찬을 잡을 때마다 생글거리며 엄지를 치켜세우는 것도 잊지 않았다.

"참 열심히 산다."

"그러게."

인간의 세포는 열심히 살았던 순간을 기억하고 있는 것이 아닐까? 그러니까 기회만 되면 다들 열심히 살지 못해

안달이지. 오늘은 은찬이 덕에 오랜만에 삼겹살에 소주를 먹겠구나. 벌써 입 안 가득 침이 고였다.

혼자 밖으로 나왔다. 바람이 찼다. 주위는 칠흑처럼 검었다. 은찬이를 기다리며 놀이터에서 혼자 축구를 했다. 혼자서 하는 축구는 재미가 없었다. 나는 시소에 걸터앉았다. 시소도 혼자서 탈 수 없긴 마찬가지였다.

"거기 누구예요?"

손전등이 나를 비췄다. 나는 눈이 부셔서 얼굴을 찡그렸다. 손전등을 든 직원이 가까이 다가왔다. 왕뚜껑이었다. 그는 아파트 외벽에 금이 간 부분이 없는지 체크하고 관리사무소로 돌아가는 길이라고 했다.

"저랑 축구 같이 할래요?"

"좋죠."

흔쾌히 승낙했다. 축구공은 바람이 빠져서 쪼글쪼글해졌다. 발등에 제대로 얹혀도 원하는 방향으로 차지지 않았다.

"새로 사야 되지 않을까요?"

왕뚜껑이 물었다.

"아직 쓸 만해요."

나는 미리 챙겨 온 펌프로 축구공에 바람을 넣었다. 축구공은 금방 탱글탱글해졌다. 나는 공을 튀겨보았다. 통통, 잘 튀었다.

*

"또 막혔어, 또. 도대체 누구야?"

은찬이 욕실에서 뛰쳐나오며 소리쳤다. 새 아파트인데 이상하게 변기가 잘 막혔다. 은찬은 이번에는 범인을 잡고야 말겠다며 승부욕을 불태웠다. 나는 변기가 막힐 때마다 은찬이 제일 먼저 발견한다는 점이 이상했다.

"한여름, 너야?"

은찬이 나를 보고 눈을 부라렸다.

"아니, 좀 보려고."

변기 뚜껑을 올렸다. 가늘고 긴 똥이 떠 있었다. 똥에서 수박씨가 분리되어 둥둥 떠다녔다. 그것은 해바라기씨가 든 초콜릿처럼 보이기도 했고 소화가 덜 된 흑미처럼 보이기도 했지만 수박씨에 가장 가까웠다.

"한여름, 너 수박 먹었어?"

"아니."

나는 고개를 세차게 흔들었다. 수박같이 비싼 과일을 먹을 수 있는 사람은 우리 중에 없었다. 수박은커녕 라면도 양껏 먹을 수 없는 재정 상태였다. 내가 어렸을 때만 해도 여름이면 가장 즐겨 먹던 과일이 수박이었다. 수박은 싸고 맛있고 몸에도 좋았다. 어쩌다 우리는 수박 한 조각 먹을 수 없을 만큼 가난해진 것일까?

“진짜지? 한여름 너 아닌 거지?”

나는 우울해져 고개를 끄덕였다.

“오세휘! 이 새끼 네가 범인이구나. 수박 어디서 먹었어? 치사하게 너만 먹냐.”

은찬이 자는 세휘를 올라타고 흔들었다. 나는 순대처럼 가늘고 길면서 동그랗게 말려 있는 똥을 가만히 내려다보았다. 나도 모르게 변기 레버에 손이 갔다.

“한여름, 물 내리지 마. 지난번처럼 넘친다.”

지난번과 달리 가늘어서 쉽게 내려갈 것처럼 보였다. 요란한 소리와 함께 물이 쏟아져 나왔다. 근데 아무리 기다려도 물이 빠지지를 않았다. 변기 물이 넘칠 듯 말 듯 찰랑거렸다. 나는 누가 볼세라 변기 뚜껑을 덮었다.

“넘쳤지?”

은찬이 눈을 부라렸다.

“아니, 안 넘쳤는데.”

역시 내가 치우기에 덩어리가 너무 컸다. 나는 조용히 욕실 문을 닫았다.

*

축구를 하느라 얼굴이 시뻘게져서 집에 돌아왔다. 밤마다 왕뚜껑이랑 축구 하는 재미가 좋았다.

"밖에 많이 추워?"

리모컨으로 채널을 돌리던 세휘가 물었다. 낮에도 춥고 밤에는 더 추웠다. 완연한 겨울에 접어들었다.

"응. 찬이는?"

"실습 마치고 같이 공부하는 사람들이랑 한잔해야 해서 못 들어온대."

은찬은 재주도 좋았다. 그의 주위에는 늘 사람이 꼬였다. 술 사준다는 사람도 많고, 원하기만 하면 일자리도 쉽게 구할 수 있었다. 그런 애가 우리 곁에 남아 있는 게 고맙기도 하고 신기하기도 했다. 세휘가 봉투를 줬다.

"뭔데?"

"관리사무소에서 주고 갔어."

독촉장이겠거니 대수롭지 않게 봤는데 오늘 자정을 기점으로 전기와 수도를 끊는다는 통보문이었다. 수도와 전기 없이 살 순 없었다. 결국 일을 안 할 수 없는 지경까지 내몰렸다.

"일할 데 없을까?"

외국어를 쓴 것도 아닌데 세휘는 내 말을 못 알아들었다.

"일당 센 알바 없냐고."

"여름이 너 일하려고? 진짜로?"

"그럼 어떡해. 당장 전기랑 수도를 끊는다잖아."

세휘는 내 말에 적극적으로 동의했다.

"빌딩 농장이 돈을 많이 준다던데."

빌딩 농장이라면 나도 들은 기억이 있었다. 일당이 상당히 세다는 소문이었다. 마침 우리가 사는 아파트에서 멀지 않은 곳에 기업형 빌딩 농장이 있었다.

"특히 바나나 농장이랑 수박 농장이 일당이 세대."

수박은 초록색 바탕에 검은색 줄무늬가 있는 축구공처럼 동그래서 속은 새빨간데 새알 초콜릿을 닮은 검은 씨가 점점이 박혀 있고, 삼각형 모양으로 잘라서 그냥 먹어도 맛있고 사이다와 함께 화채를 만들어 먹으면 더 맛있는 여름철 대표 과일이었다.

"좋았어. 내가 과일의 왕, 수박을 모조리 따주겠어."

나는 단번에 마음의 결정을 내렸다. 수박 농장에 가기로 말이다.

수박 농장

세휘는 자면서 잠꼬대를 했다.

“아, 추워.”

나는 고장 난 전기난로를 켰다 끄기를 반복했다. 접촉이 안 좋았다. 전원 버튼을 반복해서 누르다 보면 난로가 켜지기도 했는데 이젠 완전히 먹통이 되었다. 잠바를 껴입고 침낭 속으로 파고들었다. 세휘가 콜록콜록 기침을 했다. 나는 애벌레처럼 꿈틀꿈틀 기어서 세휘의 옆에 붙었다.

“깼어?”

“응. 추워서 잠이 안 와.”

“자려고 노력해봐. 내일도 일하려면 충분히 자야 해.”

“여름이가 붙으니까 좀 따뜻한 거 같아.”

몸을 뒤척일 때마다 아이고, 소리가 절로 나왔다. 온몸 구석구석 안 아픈 곳이 없었다. 수박 농장에서의 일은 상상을 초월할 정도로 힘들었다. 세상에 이렇게 힘든 일을 하는 사람들도 있구나. 존경심마저 들었다. 나는 웬만한 근육통은 잘 참는 편이었다. 축구를 오래 한 사람치고 참을성이 부족한 경우는 거의 없었다. 농장 일은 축구하고는 또 다른 차원의 힘듦이 있었다. 근육통 때문에 새벽이 돼서야 겨우 다시 잠이 들었다.

악몽을 꿨다. 나는 꿈속에서 볼링을 치러 갔다. 3회 연속 스트라이크를 했고 기분이 한껏 좋아졌다. 그런데 내가 쓰러뜨린 볼링 핀들이 아프다고 아우성을 쳤다.

“그렇게나 아파?”

“모르겠으면 너도 한번 당해봐.”

어느새 나는 볼링 핀이 되어 있었다. 커다란 볼링공이 나를 향해 굴러왔다. 공포심에 사고가 마비되는 듯했다. 볼링공은 어느새 수박으로 변했다. 커다란 수박 수십 통이 나를 향해 전속력으로 달려왔다. 도망가려고 했지만 나에겐 발이 없었다. 내내 수박에 쫓기다가 잠에서 깼다.

“아이고, 허리야.”

밤새 웅크리고 잤더니 삭신이 다 쑤셨다. 겨우 몸을 일으켜서 가스버너에 주전자를 올렸다. 집이 썰렁했다. 가스 불

앞에서 손을 비비며 몸을 녹였다. 가스 불은 가까이 가면 뜨겁고 조금만 멀어지면 온기가 전혀 느껴지지 않았다. 도시가스 요금을 내지 못해 가스가 끊겼었다. 수도하고 전기도 끊겼었는데 관리비 일부를 내고 성실히 갚겠다는 각서를 썼더니 다시 풀어줬다.

은찬은 어제도 집에 들어오지 않았다. 집이 추우니 친구 집에서 자고 오는 경우가 많았다. 은찬은 봄부터 방과 후에 초등학생에게 방송 댄스를 가르치게 되었다. 컵라면에 뜨거운 물을 붓고 남은 물에 보리차 티백을 넣고 우렸다.

"일어나. 아침 먹어."

세휘는 앓는 소리를 냈다. 이마에 손을 짚었다. 뜨거운 게 열이 나는 것 같았다. 세휘가 잔기침을 계속했다. 뜨거운 보리차를 마시게 했더니 기침은 멎었다.

"코 풀어."

세휘는 정신이 없는지 가만히 있었다. 휴지를 세휘의 코에 대고 흥, 이라고 말했다. 세휘는 힘없이 코를 풀었다. 감기에 걸린 지 한참 됐다. 평소 안 하던 육체노동을 과하게 해서 그런지 감기는 쉬이 낫지 않았다. 병원에 갈 시간이 없었다. 세휘가 일을 쉬려고 하지 않았기 때문이다.

"오늘은 하루 쉬고 나랑 병원에 가."

"안 돼. 하루 일당이 얼만데. 콜라 마시면 기운이 날 거야."

"뜨거운 국물 좀 마셔."

컵라면을 밀어 줬다. 세휘는 컵라면에는 손도 대지 않고 콜라만 마셨다.

"보리차라도 마셔. 지금 끓여서 따뜻해."

"됐어."

세휘는 죽어라 내 말을 안 들었다. 나는 두통약을 두 알 먹었다. 농장 일을 하면서 평소 없던 편두통에 시달렸다. 처음에는 한 알이면 충분했는데 이제는 두 알을 먹어도 두통이 크게 좋아지지 않았다. 약값이 만만치 않게 들었다. 처방 없이 사는 약은 비쌌다. 같은 성분의 약이라도 많게는 다섯배씩 차이가 났다.

"이러다 늦겠어."

현관 앞에서 세휘가 보챘다. 나는 서둘러 잠바를 입었다.

*

셔틀버스를 탄 지 30분 만에 빌딩 농장에 도착했다. 농장에 있는 편의점에서 생수하고 도시락을 샀다. 세휘는 콜라만 세 병을 샀다. 배가 부르면 일하기 힘들다면서 매번 점심을 걸렀다.

빌딩 농장의 외벽은 전체가 강화유리로 되어 있었다. 빌딩 한 채의 크기는 축구장에 맞먹었고 높이도 30층 이상이었다. 빌딩 농장은 그런 빌딩 10여 채가 모여 있었다. 몇 년 전까지는 스마트 농장이었는데, 기계를 유지 관리하는 데 드는 비용보다 사람을 쓰는 비용이 더 저렴해지면서 다시 노동자를 쓰게 되었다.

우리는 천막으로 가서 일하고 싶은 농장의 무인 발급기에서 번호표를 뽑고 대기했다. 나는 수박 농장을, 세휘는 바나나 농장을 선택했다. 보통 여자들은 상추, 깻잎, 케일 등을 채취하는 채소 농장에서 일을 많이 했는데 일당이 적었다. 애플망고나 한라봉처럼 무게가 적게 나가는 농장도 마찬가지였다. 과일의 무게가 일당의 세기를 결정했다. 각 농장의 조장이 나와서 일꾼들을 뽑았다.

"너무 말랐는데 수박 농장에서 일할 수 있겠어요? 참외 농장이나 토마토 농장에서 일하는 게 더 낫지 않겠어요?"

조장이 물었다. 그는 왜소한 내게 매번 같은 질문을 했다. 일부러 그러는 건 아니었다. 일꾼이 너무 많다 보니 얼굴을 익히는 건 애당초 무리였다. 농장에서 우리는 번호로 불렸다. 무인 발급기에서 뽑은 번호가 그날의 이름이었다. 오늘은 234번이었다.

"끄떡없습니다."

나는 호기롭게 대답했다.

"234번 통과."

조장이 번호표에 도장을 찍어줬다. 조장의 도장이 찍힌 번호표는 잃어버리면 안 된다. 일당을 정산할 때 필요하기 때문이었다. 세상은 돈이 많이 드는 디지털 방식에서 아날로그 방식으로 빠르게 변화하고 있었다.

바나나 농장에서 퇴짜를 맞은 세휘가 이쪽으로 왔다. 조장과 몇 마디를 나누더니 맨 뒷줄에 가 섰다. 빌딩 농장에서 바나나 농장의 일당이 가장 셌다. 바나나 한 다발의 무게는 적게 나가면 60~70kg부터 무거운 것은 100kg까지 나갔다. 건장한 성인 남자도 하루 일하면 이틀을 쉬어야 할 만큼 고된 일이었다. 세휘는 바나나 농장에서 매번 퇴짜를 맞았다.

농장 안을 도는 셔틀버스를 타고 10여 분을 달려 수박 농장에 도착했다. 출입문을 통과하기가 무섭게 후끈한 열기가 전신을 감쌌다. 유리온실 온도는 40도를 가뿐히 넘었다. 더위와 싸우며 과격한 노동을 오래 하다 보면 탈진하기가 일쑤였다. 이탈자는 일당을 반밖에 받지 못하기 때문에 노동자들은 쓰러지기 전에는 일을 멈추지 않았다.

노동자들과 함께 엘리베이터를 타고 오늘 작업하게 될 층으로 올라갔다. 탈의실에 외투를 벗어두고 작업복을 걸

쳤다. 선글라스는 작업복 주머니에 넣었다. 선글라스 없이는 작업이 불가능했다. 유리창을 통과해 들어오는 빛이 너무 강했기 때문이다.

나는 전지가위를 받아 들고 농장 안으로 들어갔다. 출입구마다 소독 장치가 설치되어 있어서 드나들 때 저절로 소독되는 시스템이었다. 요즘은 병충해 때문에 농사를 노지에서 못 짓고 무균상태의 빌딩 농장에서만 지었다. 병충해가 한번 돌면 돌이키기 어려웠다. 아무리 강력한 살충제도 소용이 없었는데 그 이유는 단일품종의 종자가 살충제에 완전히 적응했기 때문이다. 빌딩 농장이라고 해도 100프로 안심할 수는 없었다. 무수히 많은 노동자가 드나들기 때문에 병충해는 항상 조심해야 한다. 까닥 잘못했다가는 빌딩 농장의 수박이 단 며칠 만에 전부 썩어버릴 수도 있었다.

수박밭은 대관령의 고랭지 배추밭처럼 끝이 보이지 않았다. 층마다 실한 수박이 가득했다. 품종 개량을 한 프리미엄 수박은 한 통이 30kg을 가볍게 넘었다. 과육은 아삭거렸고 당도는 15브릭스 이상이었다. 이런 프리미엄 수박은 백화점에서 500만 원에 팔려나갔다.

'이게 다 얼마어치야?'

나는 볼 때마다 감탄했다. 입 안 가득 침이 고였다. 허리

한번 펴지 못하고 종일 일해봐야 프리미엄 수박 한 조각 사 먹지 못한다. 수박이 사과처럼 작았다면 몇 개쯤 훔쳤을 텐데, 그러지 못하는 게 아쉬웠다. 수박은 수중 재배 중이라 흙 없이 물로만 컸다. 얇고 투명한 호수가 실핏줄처럼 수박밭 전체에 넓게 펴져 있었다. 그 호수를 통해 수박은 물과 영양분을 충분히 공급받았다.

작업을 알리는 종이 울렸다. 나는 선글라스를 꺼내 썼다. 허리를 숙이고 일을 시작했다. 전지가위로 빠르게 줄기를 T자 모양으로 잘랐다. 수박을 자르는 작업과 옮기는 작업이 물 흐르듯이 자연스럽게 되지 않으면 일이 배로 힘들었고 능률도 나지 않았다. 허리 한번 펴지 않고 전지가위를 놀렸다. 등줄기며 머리에서 땀이 줄줄 흘러내렸다. 작업 중에는 목이 말라도 물을 마시지 못했다. 화장실이 급해도 갈 수 없었다. 작업 속도가 조금이라도 느려지면 상황실에서 지켜보던 조장이 불같이 화를 냈기 때문이다. 줄기를 자르고, 자르고 또 잘랐다. 같은 동작을 수없이 반복했더니 어느 순간 무아의 경지에 들어갔다. 두뇌는 사고를 멈추고 기계적인 움직임만 반복했다.

'나는 기계다. 기계다. 기계다. 사람이 아니고 수박 줄기를 자르는 기계다. 감정이 없는 기계다. 생각이 없는 기계다. 그래서 아픈 것도 힘든 것도 모른다. 나는 기계니까.'

휴식을 알리는 종이 울렸다. 50분 작업 후 10분 휴식 시간이 주어졌다. 10분 안에 화장실을 다녀오고 물을 마시고 쉬어야 했다. 나는 바닥에 주저앉아 생수를 마셨다. 땀을 많이 흘려서 화장실은 갈 필요가 없었다.

오후에는 수박을 나르는 작업을 했다. 노동자들은 일개미처럼 일렬로 줄을 서서 손에 손으로 수박을 날랐다.

“톡, 툭, 톡, 툭…….”

무엇보다 리듬이 중요했다. 톡 받고 툭 주고, 톡 받고 툭 주는 단순노동이 지루하게 반복됐다. 시간이 지날수록 팔에 힘이 빠졌다. 수박의 무게는 비슷한데 더 무겁게 느껴졌다. 점점 받고 던지고의 리듬을 제대로 타기 힘들었다. 다리가 후들후들 떨렸다. 수박을 떨어뜨릴까 봐 신경이 곤두섰다. 실수로 수박을 깨기라도 한다면 일당은 그대로 공중분해였다. 나는 움직임이 점점 느려졌다.

“234번! 정신 차려! 234번 때문에 6번 줄 전체 속도가 느려지고 있잖아.”

조장의 목소리가 스피커를 통해 울렸다. 나는 다시 기운을 내려고 했지만 쉽지 않았다. 갑자기 종아리에 쥐가 났다. 힘없이 무릎이 꺾였다. 다행히 수박은 들고 있지 않았다. 나는 재빨리 신발을 벗고 발바닥 스트레칭을 했다.

“제발 빨리 받아요!”

수박을 든 남자가 덜덜 떨며 말했다. 남자는 몹시 힘들어 보였다. 리듬을 타며 수박을 받고 던지면 힘이 적게 드는데 수박을 그대로 들고 있으려니 힘들 수밖에 없었다.

"정신 안 차리나, 234번!"

조장이 악을 쓰고 234번을 불렀다. 나를 곧 농장 밖으로 끌어낼 것처럼 화난 목소리였다. 연장전을 뛰고 난 것처럼 힘이 들었지만 나는 이를 악물고 일어났다. 운동장에 발을 붙이고 있는 한 축구는 계속되어야 한다.

"아저씨, 수박 이리 주세요."

수박을 톡 받고 툭 주고, 톡 받고 툭 주기를 반복했다. 여기서 멈추면 일당은 없다. 나는 이를 악물었다. 축구 경기나 수박 따기나 본질은 같았다.

*

일당을 받아 들고 절뚝거리며 밖으로 나왔다. 페이는 당일 현금 지급이 원칙이었다. 잠바 안주머니가 두둑했다. 세휘는 아침보다 낯빛이 더 안 좋았다. 이마를 짚었더니 여전히 뜨거웠다.

"잠바 얼른 입어."

"좀만 더 있다가. 시원해서 그래."

종일 유리온실에서 일해서 그런지 찬 바람이 상쾌했다. 그래도 나는 빨리 잠바를 입었다. 땀을 흘리고 찬 바람을 쐬는 게 감기의 원인이라는 것을 알기 때문이었다.

"그러지 말고 빨리 옷 입어."

"잠깐만."

세휘가 슈퍼에 뛰어 들어갔다. 보나 마나 콜라를 사러 간 것이다. 세휘는 콜라 한 캔을 선 자리에서 비웠다.

"맥주 마시러 가자."

내가 말했다. 목이 타서 견딜 수 없었다. 시원한 맥주 한 잔이 간절했다.

"안 돼."

"왜? 감기 더 심해질까 봐? 그럼 넌 소주 마셔. 아니면 뜨끈한 어묵탕을 먹든지."

"맥주에 소주에 어묵탕을 먹으면 그 돈이 다 얼만 줄 알기나 해? 돈 안 모을 거야?"

또 돈 얘기였다. 세휘는 이제 쓰레기를 모으지 않았다. 대신 돈을 모았다. 세휘의 주머니에 들어간 돈은 여간해서 나오지 않았다. 그가 아까워하지 않고 돈을 쓰는 건 콜라를 살 때뿐이었다. 지영 언니를 잡아줄 탐정을 고용할 돈을 모으겠다는 게 그의 목표였다. 그 일은 잊어버린 줄 알았는데 그렇지도 않았다. 하긴 그렇게 쉽게 잊힐 일은 아니었다. 경찰의 수사는 성과가 없었고 피해자 모임도 흐지부지되었다. 지영 언니를 잡으면 돈을 찾을 수 있을까? 어차피 그 돈은 세휘의 것도 아니고 은행의 돈인데.

"난 바로 집으로 들어갈 거야. 나가 봐야 돈 쓸 일밖에 더 있어?"

세휘는 단호했다.

"여름이 너는 어떡할 거야?"

"나는 드러그스토어에 가보려고. 오늘부터 세일한다고 해서."

"나 먼저 들어간다."

세휘는 저벅저벅 혼자서 셔틀버스를 타러 갔다. 저렇게 억지스럽게 모아봐야 얼마나 모을 수 있을까? 50만 원, 100만 원, 300만 원. 어림없었다. 그 돈을 모으기 전에 세휘는 병들어 죽고 말 것이다.

노동자들이 술을 마시며 하는 말을 들었다. 3년 안에 돈을 모아 이곳을 떠나지 않으면 끝장이라고 했다. 빌딩 농장에서 일하는 시간이 길어질수록 근육이 버터처럼 녹아내리는 희귀 질환에 걸릴 확률이 높아진단다. 그 병에 걸리면 약도 없었다.

단골 펍으로 갔다. 치킨과 감자튀김에 생맥주를 주문했다. 한번에 반을 들이켰다. 속이 뻥 뚫리는 것처럼 시원했다.

술이 들어가자 하루의 피로가 다 풀렸다. 무릎도 덜 아픈 거 같았다. 혼자 마시려니 흥이 나지 않았다.

"아저씨, 여기 생맥주 한 잔 더 주세요."

나는 급하게 맥주를 마셨다. 안주는 잘 안 들어갔다. 급하게 술을 마시고 나와 근처 가전 매장에 들어갔다. 전기 난로를 사려고 들른 것이다. 2월 말이라 난로를 사기가 좀 애매하긴 했다. 우린 내년에도 여기서 겨울을 날 생각이 없었다. 기껏해야 한 달쯤 쓸 건데 터무니없이 비쌌다. 나는 매장을 몇 번이나 둘러보다가 그냥 나왔다.

"저 남자 오늘도 왔다가 그냥 가는 거야?"

"그러게 말이야. 진상이야."

등 뒤에서 종업원들이 숙덕거리는 소리가 들렸다. 나는 어깨를 움츠렸다. 괜히 얼굴이 붉어졌다. 내일은 여기 말고 다른 가전 매장에 가야겠다.

반값 세일이란 전단이 드러그스토어 곳곳에 붙었다. 7900원짜리 방향제가 원 플러스 원이었다. 원 플러스 원은 내가 제일 좋아하는 단어였다. 그 말만 들으면 옆구리가 찌릿찌릿했다. 바구니에 방향제를 두 개 담았다. 마스크팩, 보디 클렌저, 합성비타민 그리고 볼펜을 더 샀다. 그것을 다 합해 봐야 5만 원이 안 됐다. 옆에서 말리는 사람도 없겠다, 나는 신나게 바구니를 채웠다. 무어라 표현할 수 없는 만족감이 들었다. 먹지 않았는데 배부른 느낌 같은 것이었다. 나는 쇼핑백을 들고 절뚝거리며 드러그스토어를 나왔다.

무릎이 너무 아팠다. 5만 원이면 연골 주사를 맞을 수 있었다. 스테로이드 성분이 문제가 돼서 정부에서 금지했지만 여기서는 다 맞았다. 한번 맞으면 일주일 정도는 내 무릎이 아니라 새 무릎인 것처럼 멀쩡해졌다.

'그래, 돈은 내일부터 모으면 되지.'

연골 주사 효과는 바로 나타났다. 컨디션이 최상이었다. 무릎이 안 아프니까 축구 생각이 났다. 몸이 근질근질한 것이 이대로 아파트에 돌아가면 잠이 안 올 듯했다. 공터에 갔다. 10대들이 축구를 하고 있었다.

"나도 끼워줄래?"

"형 축구 잘해요?"

"잘해."

"아이스크림 내긴데 괜찮아요?"

"좋아."

나는 과거로 돌아간 듯 공터를 뛰어다녔다. 넘어지고 구르며 살과 살이 부대끼는 느낌이 좋았다. 숨이 턱까지 차올랐다. 짧은 머리카락에서 땀이 뚝뚝 떨어졌다. 나는 머리를 좌우로 흔들었다. 이렇게 상쾌할 수가 없었다. 내가 해

트트릭을 해서 우리 팀이 5 대 3으로 이겼다. 나는 어린 친구들한테 수박바를 얻어먹었다.

술기운은 남아 있지 않았다. 셔틀버스를 타러 가는 길에 파스하고 두통약을 샀다. 지나치게 비싼 약값에 대낮에 사기를 당하기라도 한 것처럼 기분이 나빴다. 일당 봉투를 열어서 남은 돈을 확인했다. 오늘도 남은 돈은 거의 없었다. 힘들게 번 돈을 이렇게 쉽게 써버리다니. 허무하단 생각이 들었다. 그런데 손이 허전했다. 나는 그제야 쇼핑백을 공터에 두고 온 것을 알았다. 쇼핑백은 이미 누군가 집어갔을 것이다. 어차피 꼭 필요한 물건도 아니었다. 나이가 들수록 뭐든 포기가 쉬워졌다.

현관문을 열고 들어가며 소리쳤다.

"나 왔어."

세휘는 혼자서 낄낄거리며 텔레비전을 보고 있었다. 베이지색 극세사 이불을 온몸에 칭칭 감고 있어서 북극곰처럼 보였다.

"밥은 먹고 그러고 누워 있는 거야?"

세휘가 콜라병을 가리켰다. 그가 마시고 던져둔 콜라병이 거실에 굴러다녔다.

"이거라도 좀 먹어."

나는 붕어빵을 꺼냈다.

"배 안 고파."

"먹고 싶어서만 먹어? 살려고 먹는 거지."

세휘는 내 성화에 못 이겨 붕어빵을 한 입 베어 물었다.

"여름인 이 시간까지 뭐 했어?"

"맥주 마시고, 쇼핑하고, 연골 주사도 맞고 그랬어. 그리고 오랜만에 축구도 좀 하고."

"쇼핑한 거는?"

"공터에 두고 왔어. 가봐야 없을 거 같아서 그냥 들어왔어."

"얼마 남았어?"

세휘가 내 주머니를 뒤지려고 했다. 나는 힘주어 세휘를 밀어버렸다.

"없어."

"천 원짜리라도 내놔."

"왜?"

"내가 들고 있으려고. 여름이 넌 어떻게 된 애가 주머니에 돈이 있는 꼴을 못 보냐."

이러나저러나 돈 모으긴 글렀다. 세휘는 인정하려 하지 않았지만 우리는 절대 빠져나갈 수 없는 깊은 늪에 이미 빠져버렸다.

"씻고 자."

"귀찮아."

나는 씻지도 않고 침낭에 몸을 구겨 넣었다. 기분이 좋지 않았다. 어쩌자고 힘들게 모은 돈을 그렇게 허무하게 써버렸는지 모르겠다. 돈을 쓰고 나면 항상 기분이 나빴다. 그런데도 일이 끝나면 돈을 쓰러 나가지 않고는 견딜 수 없었다. 옥탑방에 살 때는 이렇게까지 힘들지는 않았다.

*

밤마다 정체불명의 소음은 계속되었다. 집이 틀어지고 내려앉으면서 생기는 소음인지도 몰랐다. 주방과 욕실 타일이 계속해서 떨어졌다. 떨어진 타일은 서랍에 숨겼다. 욕실 배관공사가 잘못됐는지 씻고 나면 오수관으로 빠져야 하는 물의 일부가 방으로 들어왔다. 욕실 문 앞에 수건을 겹겹이 쌓아놓았다. 여름도 아닌데 옷장에 습기가 차서 곰팡이가 잔뜩 피었다. 붙박이 가구는 뒤틀림이 심했다. 이 아파트는 아무래도 사람이 살 목적보다는 인형의 집처럼 소유할 목적으로 지어졌나 보다. 지영 언니가 절대 실내의 물건을 쓰지 말라고 했던 것도 그 이유였겠지.

열흘 만에 돌아온 은찬이 다급하게 짐을 쌌다.

"여기서 당장 나가자."

은찬은 연습생 시절 친구 집으로 간다고 했다. 우리한테도 같이 가자고 했다.

"찬아, 그러지 말고 조금만 더 참아."

세휘가 말렸다.

"그러다 죽으면?"

"죽긴 왜 죽어."

"아파트 무너지면 우리 다 죽는 거야."

세휘는 입을 닫았다.

"너는 어쩔 거야?"

떠날 것인가, 남을 것인가. 나는 망설였다.

"한여름 어쩔 거냐고?"

은찬이 몰아붙였다.

"여름이 너 보증금 있어? 월세도 보증금 몇백은 있어야 하잖아."

세휘가 불안한 듯 눈동자를 굴렸다.

"보증금이 왜 필요해? 내 친구 집에 가는데."

"걔가 네 친구지 우리 친구야?"

평소답지 않게 세휘가 히스테리를 부렸다.

"은찬아, 나 조금만 더 버텨볼게."

나를 보는 은찬의 눈이 촉촉했다. 나는 착잡한 마음에 고개를 숙여버렸다.

"너희는 남아. 난 나갈래."

은찬이 일어났다. 나는 가방을 끌고 나가는 은찬의 팔을 잡았다.

"같이 갈래?"

나는 따라가고 싶었다. 하지만 차마 그럴 수 없었다. 내가 가면 세휘는 혼자 남는다.

"아니."

난 고개를 좌우로 세차게 흔들었다.

"마음 바뀌면 바로 연락해. 어떻게든 보증금 마련해서 우리 같이 살 수 있는 집 마련할 거니까."

은찬이 떠났다. 세휘는 입을 꾹 닫았다. 나는 말없이 방에 들어갔다.

*

세휘는 날이 갈수록 기침이 심해졌다. 그런데도 병원을 갈 생각을 안 했다. 나는 반포기 상태였다.

"여름아, 나 몸이 좀 이상해."

출근 준비를 하는데 세휘가 날 불렀다.

"왜?"

"피 나와."

“뭐?”

세휘가 피 묻은 휴지를 내밀었다. 상태가 심각했다.

“당장 병원 가자.”

“안 돼. 출근해야지. 하루 일당이 얼만데. 관리비도 내야 하고 보증금도 모아야 하고 갈 길이 멀어.”

“넌 이런 상황에서 그런 말이 나와? 큰 병이면 어쩔 거야?”

세휘는 병원만은 가지 않겠다고 고집을 부렸다. 그러더니 출근 시간에 맞춰 아파트를 나섰다. 나는 걱정이 되어 죽을 듯했다. 세휘는 빌딩 농장 안에 있는 편의점에 들어가 증상을 말하고 약을 달라고 했다.

“제정신이야 지금?”

나이가 지긋한 편의점 주인이 기함했다.

“목에서 피가 나면 병원에 가야지. 약국도 아니고 편의점에 와서 이러면 어떡해?”

“그냥 감기약이나 주세요.”

담담한 세휘의 대꾸에 편의점 주인은 질려버렸는지 더는 뭐라 하지 않고 종합 감기약을 주었다. 그 후로도 세휘는 부지런한 노새처럼 일만 했다. 일 못 하고 죽은 귀신이 붙었나 보다. 나날이 병색이 완연했다. 이러다 세휘가 죽기라도 할까 봐 무서웠다. 병원에 가기 싫으면 쉬기라도 했으면 좋겠다. 하지만 세휘는 절대 내 말을 듣지 않았다.

*

주방에서 그릇 깨지는 소리가 크게 들렸다. 쫓아가봤더니 주방 벽면의 타일이 죄다 떨어져 깨져 있었다. 밤에 자는데 거실에서 뭔가 떨어져 박살 나는 소리가 났다. 급하게 나가봤더니 마네 액자가 바닥에 떨어져 깨져 있었다. 유리 파편이 사방에 튀었다. 세휘는 방에서 뛰어나오다가 유리를 밟았는지 피 묻은 발자국을 거실 곳곳에 찍고 다녔다. 새벽이면 소음은 더 심해졌다. 하루빨리 보증금을 모아야 할 텐데, 걱정하다 잠이 들고는 했다. 몸이 고되니 잠은 잘 왔다.

알람이 울렸다. 안 떠지는 눈을 겨우 떴다. 잠에서 깬 세휘가 말했다.

"아파 죽겠어."

"나도."

무릎이 아파서 자다 깨기를 반복했더니 피로가 전혀 풀리지 않았다.

"여름아, 우리 이러다 죽는 건 아니겠지?"

"난 요즘 초록색만 봐도 토가 쏠려."

나는 힘이 달려서 최근에 애플수박 농장으로 옮겼다. 일당이 팍 줄었다. 적게 벌었더니 적게 쓰게 되었다.

"이렇게 벌어서 언제 돈 모아서 여길 나가."

돈 모으기도 전에 죽을 거야, 라는 말은 차마 하지 못했다.

"청년 배당으로 살던 때가 더 행복했던 거 같아."

"세휘야, 우리 그냥 여기서 나가자. 청년 쉼터라도 들어가면 되잖아."

"아니, 아직은 아니야."

"그러면 하루만 쉬면 안 될까?"

"안 돼."

세휘는 단호했다.

"일당을 생각해, 한여름."

결국 아픈 몸을 이끌고 일하러 나갔다.

일을 마치고 일찍 집에 돌아왔다. 관리실 경리가 아파트 앞에서 기다리고 있었다.

"지금 퇴근하시나 봐요."

경리는 관리비를 받으러 왔다. 열심히 갚는데도 갚아야 할 관리비는 줄기는커녕 계속해서 늘어갔다. 꼭 사채 같았다.

"죄송해요. 드릴 돈이 없어요."

세휘가 오리발을 내밀었다.

"그러지 말고 얼마라도 주세요."

"드리고 싶어도 돈이 없어요."

"두 분 다 일 다니시잖아요. 저도 중간에서 죽겠어요."

경리는 애원조였다.

"없다는데 왜 자꾸 귀찮게 해요. 먹고 죽을래도 없어요, 돈!"

화를 마구 내던 세휘는 현관문이 부서져라 닫고 들어가 버렸다.

"기가 막혀서 정말."

경리는 얼굴이 시뻘게졌다. 연신 손부채질을 해서 올라간 열을 식혔다.

"아저씨라도 좀 주세요. 제가 정말 두 분 때문에 스트레스 받아서 못 살겠어요."

그렇게 말하고 눈물을 글썽거렸다. 나는 마음이 약해져 주머니에서 꼭 쥐고 있던 일당을 꺼내놓았다.

"죄송해요. 이거뿐이에요."

"알았어요."

돈을 들고 돌아가려던 경리가 다시 뒤돌아섰다.

"아저씨, 저도 좋아서 이러는 거 아니거든요. 그것만은 알아주세요."

나는 알겠다는 뜻으로 고개를 두 번 끄덕였다. 경리는 엘리베이터를 타고 내려갔다. 오늘은 마음을 다잡고 돈을 한 푼도 쓰지 않고 곧장 아파트로 돌아왔다. 그런데 경리한테 다 뺏기고 말았다.

나는 현관문을 벌컥 열었다.

"오세휘, 너 나랑 얘기 좀 해."

급하게 들어가다가 문턱에 발이 걸려 넘어졌다. 비명이 터져 나왔다.

"여름아, 왜 그래? 다친 거야? 조심 좀 하지."

아파서 말이 다 안 나왔다. 세휘한테 의지해서 방에 들어갔다. 다행히 큰 부상은 아닌 듯했다. 세휘가 수건으로 뜨거운 찜질을 해줬다. 그것만으로 발목 통증은 거의 사라졌다.

다음 날 출근하다가 발목을 삐끗했다. 평지였고 장애물도 없는 인도에서 그랬다. 다리가 풀렸는지 맥없이 그런 일이 벌어지고 만 것이다. 일할 때는 긴장을 잔뜩 하고 있어서 그런지 다친 적이 없었다. 그런데 길을 걷다가 그렇게 되고 보니 황당할 따름이었다. 일주일 동안 일을 쉬었다. 발목에 무리가 갈까 봐 깻잎 농장으로 자리를 옮겼다. 일당은 애플수박 농장보다 적었다. 그렇게 3주를 보냈더니 감당이 안 될 정도로 빚이 늘어났다.

*

공터에 갔다. 사람들이 모여서 축구를 하고 있었다. 깻잎 농장에서 받은 일당을 걸고 불법 내기 축구에 끼었다. 선수로 뛰지는 못했다. 발목이 확실히 낫지 않았기 때문이다. 내가 돈을 걸었던 팀이 졌다. 순식간에 일당을 날렸다. 경기를 보면서 캔맥주를 마셨는데 과했나 보다. 취기가 빠르게 올라왔다. 공터 구석진 곳에서 먹은 걸 다 토해냈다.

셔틀버스를 타러 가다가 멈춰 섰다. 스포츠용품 판매장이 환하게 불을 켜놓고 영업을 하고 있었다. 쇼윈도에 이강인 선수의 유니폼이 걸려 있었다. 몇 년 전에 바르셀로나로 이적한 이강인 선수는 메시의 등번호였던 10번을 물려받았다. 바르셀로나와 파리 생제르맹의 챔피언스리그 결승 경기가 2주 앞으로 다가왔다. 어느새 5월 초가 된 것이다. 갑자기 더웠다. 주위를 둘러봤다. 사람들은 전부 반소매를 입고 있었다. 겨울 잠바를 입고 있는 사람은 나뿐이었다.

잠바를 벗어 들고 집에 들어왔다. 세휘는 극세사 침구 속에 파묻혀 있었다. 나는 세휘가 덮고 있던 이불을 확 걷어냈다.

"추운데 뭐 하는 거야? 빨리 이불 줘."

"지금 바깥 온도가 몇 도인지 알기는 해?"

여기 더 있다가는 정말 미쳐버릴지도 몰랐다.

"세휘야, 우리 일 그만두자. 그리고 여기서 나가는 거야."

"너나 그만둬."

세휘는 기어이 이불을 끌어가 몸을 덮었다. 정말 추운 것처럼 몸을 부르르 떨었다.

"농장에 더 다니다가는 몸도 머리도 이상해질 거 같아. 우린 껌 같은 존재야. 씹다가 단물 빠지면 버리는 껌. 근육이 녹는 병에 걸린 사람이 한두 명이 아니래."

"누가 그래?"

세휘가 발끈했다.

"공터에 갔다가 들었어. 제때 치료하지 않으면 걷지도 못한대."

"공터는 왜 또 갔어? 내기 축구 하러 간 거지?"

나는 할 말이 없었다.

"그런 거 아냐."

"아무튼 아직은 일 그만둘 때 아냐."

세휘는 고개를 절레절레 흔들었다.

다음 날부터 나는 농장에 나가지 않았다. 있으면 먹고 없으면 굶으면 될 것이다. 과거에 그랬던 것처럼. 경리가 관리비를 받으러 왔다. 돈 대신 그동안 사 모은 물건을 줬다.

경리는 짜증을 내다가 물건을 받아 갔다. 고용노동부 사이트에 들어가서 일용직 퇴사를 알리고 구직 신청을 했다. 구직 신청을 끝내자마자 구인 문자가 주르륵 왔다. 죄다 위험한데 힘만 들고 돈은 안 되는 일이었다. 결국 그 자리는 가난한 청년들이 다 메꿀 것이다. 나는 알람을 꺼두었다. 다음 달부터 다시 청년 배당을 받을 수 있게 되었다. 그것이면 족했다.

*

축구공을 들고 아파트를 나왔다. 언젠가 만났던 누더기 남자가 계단에 앉아서 초코볼을 줍고 있었다. 누더기 남자는 초코볼에 묻은 먼지를 부느라 정신이 없었다.

"저기요?"

누더기 남자의 몸이 움찔하더니 그대로 굳었다. 그가 숨은 쉬고 있는지 걱정될 정도였다.

"저예요, 축구 같이 하던."

그제야 누더기 남자는 고개를 돌렸다. 나를 올려다보더니 옅은 미소를 띠었다.

"실수로 초코볼 통을 떨어뜨렸지 뭐예요."

나는 초코볼 줍는 일을 도와주었다. 일을 마치자 고맙다며 초코볼을 한 줌 집어 주었다. 나는 괜찮다며 거절했다. 계속 권하기에 한 알 집어 먹었다. 맛이 좋았다. 누더기 남자는 오늘 밤에는 우리 아파트 단지 15층에서 잘 거라고 했다. 지난번에 봤을 때보다 살이 더 빠져 광대가 도드라졌다. 오래 굶은 듯 허기진 표정을 하고 있었다.

"저녁 같이 드실래요? 혼자거든요."

세휘는 농장에 일하러 갔다가 아직 돌아오지 않았다. 돈독이 제대로 올라 요즘은 연장 근무까지 했다. 세휘는 10시나 되어야 집에 올 것이다.

"햇반이랑 고추참치도 있어요."

누더기 남자의 눈빛이 흔들렸다. 내적 갈등이 심한 듯했다.

"저한테서 냄새가 많이 날 텐데요. 오랫동안 못 씻었거든요."

"괜찮아요."

그는 냄새가 날까 봐 전전긍긍이었다. 나는 누더기 남자의 허락을 맡고 가까이 다가가서 냄새를 맡았다. 비 오는 날 땅에서 올라오는 흙냄새가 났다.

"자연의 좋은 향기가 나요. 괜찮으니까 얼른 들어오세요."

누더기 남자가 그제야 신발을 벗고 집 안으로 들어왔다. 그리고 집 안을 빠르게 훑어봤다. 내부는 새 아파트라고 보기 힘들게 변해 있었다. 벽마다 곰팡이가 피었고 바닥재는 뒤틀림이 심했다. 베란다에는 페인트를 바른 벽에서 떨어진 흰 가루가 눈처럼 소복이 쌓여 있었다. 급하게 식탁을 차렸다. 햇반을 데우고 수저를 놓았다. 원래는 한 가지 반찬만 두고 먹는데 오늘은 특별히 깻잎과 콩자반까지 내놨다.

"가구에서 벌레가 나오지는 않나요?"

식탁에 앉으며 누더기 남자가 물었다.

"아니요."

"오물이 역류하지도 않고요?"

"네."

나는 물을 따르며 누더기 남자를 슬쩍 봤다. 평온한 얼굴이었다.

"그런데 왜 그런 걸 물어보세요?"

"일단 식사부터 하고 말하면 안 될까요? 배가 고파서요."

"그렇게 하세요."

"같이 드시죠?"

누더기 남자가 권했다.

"얼른 드세요. 저도 먹을게요."

누군가와 같이 밥을 먹는 건 오랜만이었다. 밥 생각이 없었는데 갑자기 식욕이 돌았다. 누더기 남자와 나는 식탁에 차려놓은 음식을 순식간에 모조리 먹어치웠다.

"염치없지만 더 없을까요?"

"잠깐만 기다리세요."

싱크대 서랍을 뒤졌다. 서랍마다 먹을거리가 들어 있었다. 수박 농장에 일하러 다니며 사다 모은 것들이었다. 신선식품을 먹을 능력은 안 됐지만 가공식품이라면 한동안 마음껏 먹을 수 있었다. 디저트로 그리스산 황도 맛 젤리를 내놓았다. 누더기 남자는 그것도 맛있게 먹었다.

"쿵!"

위층에서 볼링공을 떨어뜨리는 소리가 크게 났다. 밤낮을 가리지 않는 소음이었지만 적응은 여전히 어려웠다.

"방금 들었죠?"

"못 들을 수가 없죠. 저렇게 소리가 큰데."

나는 한숨을 내쉬었다.

"아파트가 무너지려나 봐요."

"그러게요. 하루빨리 여기서 나가세요. 그게 사는 길이라는 거 아시잖아요."

위태로운 건물에 오래 살다 보니까 안전에 점점 무뎌졌다.

"아저씨는요?"

"저야 아파트하고 생사를 같이해야죠. 그게 제 운명인걸요."

"시간이 얼마나 남았을까요?"

"글쎄요, 그것까지는 저도 모르죠. 될 수 있으면 빨리 나가세요."

어디로 간단 말인가. 나가려 해도 갈 곳이 없었다. 세휘는 또 어쩌고.

"오물이 역류하고 혹파리 떼가 출몰하면 늦어요. 그 전에 떠나야 해요."

누더기 남자는 예의 바르게 인사하고 나갔다. 요즘 들어 하우스 마루타를 하겠다고 찾아오는 사람이 늘었다. 매매 계약도 일주일에 한두 건씩 되는 모양이었다. 안전하니까 다들 오는 거겠지. 아파트가 그렇게 쉽게 무너질 리 없었다. 몇 년은 괜찮을 것이다.

*

저녁을 먹고 축구공을 들고 놀이터에 나갔다. 왕뚜껑은 여느 때처럼 손전등 불빛에 의지해 외벽에 금이 간 부분이 없나 점검했다.

"여름 씨, 오랜만이에요. 안 보여서 퇴실한 줄 알았어요."

왕뚜껑이 먼저 알은체했다.

"어디 좀 다녀왔어요."

"얼굴이 많이 상한 거 같아요. 어디 아파요?"
"아니에요. 축구 같이 할 수 있어요?"
"외벽 점검 곧 끝나요."
올해는 여름 더위가 일찍 시작될 모양이었다. 얼마 뛰지 않았는데 목덜미에 땀이 차올랐다.
"라면 먹을래요?"
나는 좋다고 답했다. 운동하고 나면 항상 배가 고팠다. 왕뚜껑이 전기주전자에 물을 끓였다. 왕뚜껑이 새 축구공을 내밀었다.
"선물이에요."
"축구공 있어요. 아시잖아요, 바람 넣으면 멀쩡한 거."
나는 내 축구공을 가리켰다. 그새 바람이 빠져 쭈글쭈글했다.
"같이 축구 하려고 산 건데 이젠 못 할 거 같아서요."
"왜요? 저 이제 시간 많아요."
왕뚜껑은 이번 주까지만 근무하고 일을 그만둔다고 했다.
"왜요?"
"부모님이 걱정을 많이 하셔서요. 돈도 좀 모았고요. 다시 공부할까 해요."
"그렇구나. 축구를 같이 못 해서 아쉽지만 다 잘될 거예요."

엄마가 생각났다. 쌍둥이 보는 게 힘든지 요즘 연락이 뜸했다. 그 와중에 나는 컵라면을 두 개나 먹었다.

*

세휘는 앙상하게 말라서 뼈가 부러질 것처럼 보였다. 그런데도 꾸역꾸역 일을 나갔다. 요즘은 채소 농장에 다니는 듯했다. 돈에 대한 집착은 병적이었다.

은찬이 삼겹살을 사 들고 놀러 왔다. 은찬이는 우리 얼굴을 보더니 갑자기 울었다. 그 정도인가? 나는 거울에 내 얼굴을 비춰보았다. 늘 보던 얼굴이라 그런지 그리 나빠 보이지는 않았다.

은찬이 물었다.

"세휘 얼마나 모았어?"

"알아서 뭐하게?"

세휘는 바짝 날을 세웠다. 은찬이 강도라도 되는 것처럼 경계했다. 세휘는 돈을 복대에다 넣고 차고 다녔는데 일할 때는 물론이고 샤워하러 갈 때도 들고 다녔다. 분위기가 이상해지기 전에 내가 나섰다.

"누가 뺏냐? 은찬이 민망하게 왜 그래."

은찬이 우리가 살기에 적당한 방을 봐뒀단다. 보증금 절반은 자신이 대겠다고 했다. 우리가 얼마를 가졌는지 알아야 계획을 세울 수 있었다. 나는 빚만 있었다. 내기 축구를 하는 게 아니었다.

"세휘 얼마나 있냐고?"

"한 푼도 없어."

"거짓말하지 말고."

"거짓말 아니라고."

악을 쓰던 세휘는 발작하듯 기침을 했다. 입에서 피가 나왔다. 은찬이 소리쳤다.

"한여름, 얘 왜 이래?"

은찬이 싫다는 세휘를 둘러업고 병원을 찾았다. 의사는 환자가 이 지경이 되도록 왜 병원에 데려오지 않았냐고 나를 다그쳤다. 결핵은 오래전 없어진 병인 줄 알았다. 무조건 잘 먹고 푹 쉬라는 처방이 내려졌다. 약은 최소 1년 이상 먹어야 했다. 진료비가 지나치게 많이 나왔다. 은찬이 창구 직원한테 따졌다.

"진료비가 왜 이렇게 비싸요?"

"환자분 무보험 상태잖아요. 그러니까 비싸죠."

사정을 알아야겠기에 국민건강보험공단에 전화를 걸었다. 알고 보니 세휘의 건강보험은 오래전에 정지되었다. 아버지가 실종되면서 보험료를 내지 못해 이런 일이 생겼다.

진작 실종 신고를 하고 세대 분리만 했어도 피해갈 수 있었다.

"직업이 없는 청년은 보험료 안 내도 되잖아요."

연체한 보험료를 전부 내야지만 무직 청년 보험료 감면 혜택을 받을 수 있다고 했다. 무보험 기간이 긴 데다가 세휘의 아버지가 실종되기 전에 사업체를 운영했던 터라 보험료가 상당히 높았다. 세휘의 능력으로 연체 보험료를 갚는 건 불가능했다. 세휘는 평생 무보험으로 살아야 했다.

"어떻게, 방법 없을까요?"

"소송하시면 되죠."

상담사는 대수롭지 않게 말했다. 소송에 돈이 얼마나 많이 드는지 알면서 저런다. 소송할 돈이 있으면 연체 보험료를 내고 말겠다. 복지는 매년 확대되었다. 언론에선 선진국의 복지를 이미 뛰어넘었다고 떠들어댔다. 아이러니하게 가장 약자가 복지 사각지대에 놓이는 경우는 지금도 빈번하게 생겼다.

은찬이 난감해했다.

"큰일이야."

"왜?"

내가 물었다.

"무보험이니 약값이 장난 아니게 비쌀 거야. 근데 1년이나 약을 먹어야 하잖아."

세휘가 그동안 악착같이 모은 돈은 약값으로 다 날리게 생겼다. 세휘는 아파서가 아니라 돈이 아까워 울었다.

*

구급차가 요란한 소리를 내며 아파트 단지에 들어왔다. 나는 홀린 듯이 집 밖으로 나왔다. 세휘가 뒤를 따랐다. 관리사무소 앞에 사람들이 잔뜩 모여 있었다. 우리는 구경하는 사람들 틈에 끼어들었다. 아파트 옥상에 설치한 외장재가 떨어져 사람이 크게 다친 모양이었다. 여기저기서 사람들이 떠들어댔다. 구급대원들이 들것을 밀고 나왔다. 홍해가 갈라지듯 구경꾼들이 길을 터주었다. 들것에 실린 사람의 얼굴은 보이지 않았다.

"중국에서 들여오는 저가 인조 라임스톤이 문제야. 내가 언제고 이런 사고 날 줄 알았다니까. 돈을 아낄 데가 따로 있지."

"다친 사람이 누구야?"

"밤마다 손전등 들고 외벽 확인하던 그 젊은 친구래. 아무래도 크게 다친 거 같아."

다리에 힘이 풀렸다. 바닥에 주저앉는 나를 세휘가 잡아주었다. 며칠 전까지만 해도 축구를 같이 하던 왕뚜껑이 많이 다쳤다는 게 믿기지 않았다. 눈물이 나거나 하지는 않았다. 심장이 빠르게 뛰고 위산이 역류해서 속이 쓰렸다.

"너무 속상해하지 마. 시간 지나면 괜찮아져."

저 말은 경험에서 나오는 것이겠지. 세휘는 엄마를 잃어 봤으니까. 울컥, 속에서 뭔가가 올라왔다.

"여름이 울려고 하는 거 아니지? 울지 마. 한여름 울면 안 돼."

나는 잘 안 울었다. 어려서부터 그랬다. 여간해선 울지 않아서 엄마는 내가 지능이 떨어지는 건 아닌지 걱정했다고 한다. 그런데 한번 울음이 터졌다 하면 아무도 못 말렸다. 우는 것도 요란한 데다 쉽게 그치지 않았다.

"내가 왜? 안 울어. 이만한 일로."

나는 왕뚜껑이 선물로 준 축구공을 집어 들었다. 새 공이라 탱탱하고 반들반들 윤이 났다. 축구가 하고 싶었다.

엄청난 취재 인파가 아파트 단지로 몰려왔다. 4기 신도시 부실시공 아파트가 다시 도마 위에 올랐고 밤낮없이 촬영이 계속되었다. 관리사무소 분위기는 말이 아니었다. 꾸준한 홍보의 효과로 아파트가 조금씩 팔리고 있었는데 다시 급냉각기가 왔다. 계약금을 포기하고 계약을 해지하는 사람이 속출했다. 매매를 완료한 가구는 발만 동동 구를 뿐 이러지도 저러지도 못했다. 불똥은 우리한테도 튀었다. 언론에서 하우스 마루타들의 도덕성을 문제 삼고 나왔다.

취재 인력들이 갑자기 사라졌다. 아침까지만 해도 아파트 단지에 진을 치고 있던 사람들이 순식간에 사라진 것이다. 시도 때도 없이 초인종을 누르고 인터뷰를 청하던 기자들도 사라졌다. 뉴스를 보고 기자들이 사라진 이유를 알게 되었다. 4기 신도시 부실시공 아파트 단지 중에 또 다른 곳에서 사망사고가 일어난 것이다. 엘리베이터를 수리하던 기사 두 명이 그 자리에서 사망하는 대형 사고였다.

*

“돈 내놔.”

나는 세휘의 복대를 잡아챘다. 세휘는 복대를 안 뺏기려고 안간힘을 썼다. 세휘는 약해질 대로 약해져서 힘이 없었다. 손쉽게 복대를 손에 넣었다.

“빌리는 거야. 금방 갚을게. 두 배로.”

“안 돼. 너 지금 내기 축구 하러 가는 거잖아.”

나는 현관 앞에 멈춰 섰다. 이번이 마지막이었다. 보증금을 모으러 가는 거니까 나쁘다고 할 수만은 없었다. 내가 보증금을 모아 오면 세휘도 용서해줄 것이다.

"선수로 뛰려는 거 내가 모를 줄 알아?"

세휘의 목소리는 잘게 떨렸다. 돈을 제대로 벌려면 선수로 뛰는 게 낫다. 합법이든 불법이든 선수로 뛰는 건 이번이 내 생에 마지막이 될 것이다.

"세휘야, 나만 믿어. 왕뚜껑처럼 되기 전에 여기서 나가게 해줄게."

몸을 돌려서 나오려는데 세휘가 등 뒤에서 외쳤다.

"여름아, 돈은 날려도 돼. 근데 몸은 절대 다치지 마."

지금 내가 쥐고 있는 돈은 세휘의 약값이었다. 만약 돈을 날리게 된다면 세휘는 죽을지도 모른다. 다른 누구도 아닌 바로 나 때문에. 퉁퉁 부은 무릎이 시큰거렸다. 수박 농장도 나갈 수 없는 내가 돈을 벌 수 있는 건 이 방법뿐이었다.

"우리 내일 여기서 나가는 거야. 그니까 짐 챙겨놓고 기다려."

아파트를 뛰쳐나왔다. 무릎이 바스러지는 한이 있더라도 경기에서 이길 것이다. 나는 이를 악물었다.

*

겨우 눈을 떴다. 눈물로 얼룩진 엄마의 얼굴이 먼저 보였다. 세휘하고 은찬이도 와 있었다. 나는 다시는 공을 찰 수 없게 되었다. 그리고 평생 절뚝이며 걸어야 했다. 나는 울지 않았다. 자책하지도 않았다. 그건 이미 오래전에 다 했던 거니까.

"돈 걱정하지 말고 푹 쉬어. 엄마가 다 해결할 거니까."

엄마는 가족이 다 같이 모여 살 집을 알아보는 중이었다. 가을이면 아빠도 돌아오신다. 세휘도 같이 지내기로 얘기를 끝냈다. 그 일은 겨울이 되기 전에 이뤄질 것이다.

"엄마, 아파트 포기한 거야?"

엄마는 아무 말 하지 않았다. 나는 눈을 감았다. 이대로 잠들어 영영 깨어나지 않았으면 좋겠다.

*

변기에서 오물이 역류했다. 욕실 문을 단단히 잠갔다. 창문을 활짝 열었지만 코를 찌르는 냄새는 사라지지 않았다. 소음은 시간이 지날수록 더 심해졌다. 무서워서 잠이 안 왔다. 세휘하고 붙어서 날밤을 새웠다. 아침에 눈을 떴는데 혹파리 수천 마리 아니, 수만 마리가 집 안을 날아다니고 있었다. 방바닥은 혹파리 사체로 새까맸다. 나는 벽에 기대서 자는 세휘를 흔들어 깨웠다.

"일어나. 당장 나가야 해."

"왜?"

"아파트 무너진단 말이야."

우리는 배낭을 둘러메고 급하게 아파트를 빠져나왔다. 엘리베이터는 운행을 멈췄다. 나는 목발을 짚고 절뚝거리며 계단을 내려가다가 멈춰 섰다.

"왜?"

"축구공 두고 왔어.

"내가 좋은 걸로 사 줄게. 잊어버려."

"안 돼."

나는 다시 절뚝거리며 계단을 올라갔다. 한 발 내딛는 게 너무 힘들었다. 세휘가 내 팔을 잡아챘다.

"나가야 한다고. 지금 당장."

위층에서 무거운 게 쓰러지는 소리가 들렸다. 소리는 꽤 크고 요란했다. 커다란 운석이라도 떨어진 것 같았다.

"안 돼. 공 꼭 들고 나와야 해. 왕뚜껑이 사 준 공이잖아."

"내가 갔다 올게. 여름이 넌 무릎 아파서 계단 못 오르잖아. 먼저 나가 있어."

세휘가 계단을 뛰어 올라갔다.

"빨리 나가."

나는 먼저 밖으로 나왔다. 귀중품만 챙겨서 아파트를 빠져나온 사람들이 모여들었다. 사람들은 우왕좌왕했다.

"왜 이렇게 안 나와."

내려올 때가 지났는데 세휘는 코빼기도 안 보였다. 걱정돼서 안 되겠다. 다시 아파트에 들어가려는데 누군가 내 팔을 잡았다.

"그 다리를 하고 어딜 가려고요? 위험해요."

누더기 남자였다.

"친구가 안에 있어요!"

"기다려요. 곧 나올 테니."

"나올 시간이 벌써 지났어요."

갑자기 무서운 생각이 들었다. 세휘가 영영 저기서 나오지 못하면 어쩌지. 당장 뛰어 들어가고 싶은데 다리가 말을 안 들었다.

"세휘야, 오세휘! 이거 놔주세요. 친구한테 가야 해요."

누더기 남자가 나를 잡고 놔주지 않았다.

"친구가 죽어요. 내 친구 세휘가 죽는다고요."

나는 울부짖었다.

"여름아, 왜 그래? 이게 다 뭔 일이야?"

은찬이 삼겹살과 수박을 양손 가득 들고 나타났다. 나는 은찬이를 잡고 매달렸다.

"은찬아, 어떡해. 아파트가 무너지려고 해."

"세휘는?"

"그런데 세휘가 아직 저 안에 있어. 근데 아파트가, 아파트가……."

"넌 여기서 기다려. 내가 들어가볼게."

은찬은 내가 말릴 틈도 없이 아파트 안으로 뛰어들었다.

"쿵!"

수박이 바닥에 떨어져 박살이 났다. 붉은 과육이 사방에 튀었다. 바싹 달궈진 아스팔트를 과육에서 흘러나온 과즙이 붉게 물들였다. 나는 절뚝이며 은찬의 뒤를 따라갔다. 누더기 남자가 뒤에서 잡고 놔주지 않았다. 나는 버둥거리며 은찬이 이름을 불렀다. 그때 엄청난 굉음을 내며 지하주차장 입구가 주저앉았다.

"아파트가 무너진다!"

누군가 크게 외쳤다. 첨단 공법과 최고급 자재로 지어졌다던 아파트가 눈앞에서 피사의 사탑처럼 기울어졌다. 재난영화에서처럼 아파트 외벽이 무너져 내렸다. 사람들은 비명을 지르며 흩어졌다.

"어서 피해야 해요."

누더기 남자가 내 팔을 잡아끌고 달렸다. 나는 필사적으로 고개를 돌렸다. 거대한 흙먼지를 일으키며 아파트가 눈앞에서 무너져 내렸다.

*

한강 둔치에 있는 야외 수영장에 갔었다. 오늘만은 아무 생각 없이 셋이서 신나게 놀기로 했다. 나는 홍학 모양의 튜브를 샀다. 은찬은 태닝을 한다고 오일을 샀고 세휘는 운전면허 시험 문제집을 샀다. 은찬은 몸에 오일을 바르고 돗자리에 누웠다. 세휘는 우산을 파라솔처럼 놓고 그 아래에서 문제집을 풀었다. 나는 빵빵해진 튜브를 물에 띄워놓고 그 위에 누웠다. 사막 한가운데 모닥불을 피워놓고 앉아 있는 기분이었다. 살갗이 벗겨지기 직전이 되어서야 물에 들어갔다. 나는 친구들한테 소리쳤다.

"안 들어오고 뭐 해?"

친구들이 풀장에 뛰어들었다. 은찬은 지치지도 않고 풀장을 왔다 갔다 했다. 언제 다시 수영장에 올지 알 수 없으므로 폐장 시간까지 놀 거라고 의지를 불태웠다. 세휘는 홍학 튜브에 매달려서 물장구를 치느라 여념이 없었다.

"세휘야, 그거 알아? 빚내서 집 사던 시절에 우리나라 땅을 다 팔면 그 돈으로 러시아랑 동유럽 땅을 다 살 수 있었대."

"진짜? 엄청난데. 근데 그 많던 돈은 지금 어디에 있어?"

"꼭꼭 숨겨두지 않았을까."

"누가?"

"도둑놈이."

"도둑놈 잡으면 돈 다 찾는 거야?"

"그러겠지. 그때가 되면 수박 실컷 먹을 거야."

"난 배가 터질 때까지 삼겹살 먹을래."

우리는 깔깔거리며 웃었다.

"하늘에서 돈벼락 안 떨어지나?"

세휘가 중얼거렸다.

예고 없이 소나기가 왔다. 수영 중이라 비를 피할 곳이 없었다. 우리는 코를 막고 잠수를 했다. 세휘가 가장 먼저 물 밖으로 고개를 내밀었다. 은찬도 숨을 참지 못하고 나갔다. 나는 광어처럼 수영장 바닥에 딱 붙었다. 숨이 막혔다. 코에서 공기 방울이 뽀글뽀글 나왔다. 숨을 참고, 참고 또 참았다. 더는 참을 수 없을 때가 되어서야 수면을 향해 헤엄쳐 올라갔다.

작가의 말

작년 4월 운영하던 극단을 폐업했다. 코로나19의 여파는 공연계에 유독 혹독하게 몰아쳤다. 그러니까 극단 문을 닫은 것은 내 노력이 부족해서라기보다는 불가항력이었다고 하는 게 맞겠다.

극단을 접은 후, 구청에서 기간제 조사원으로 잠깐 일했다. 사업체를 운영하는 많은 사장님을 만났다. 그분들 중 열심히 살지 않는 분은 없었다. 동네 빵집 중 한 곳을 조사할 때였다. 상호와 사업자번호가 같은데 대표자만 바뀌었다. 바뀐 대표 이름을 조사표에 쓰던 사장님이 불쑥 말했다.

"000 제 남편이에요. 작년에 코로나 터지고 마음고생을 많이 했어요. 그러다가 갑자기…… 먼저 가게 됐어요. 그래서 대표를 제 이름으로 바꿨고요."

담담하게 말하는 사장님께 힘내시라고 누구의 탓도 아닌 코로나 탓이라고 어쭙잖은 위로를 하고 빵집을 나왔다. 그 후 오래 자책했다. 어째서 그때 나는 그런 말을 했을까. 전대미문의 전염병이 창궐하는 이때 모두가 같은 무게로 고통받고 있지 않다는 것을 알았으면서 말이다.

최선을 다하라는 말, 더 열심히 하라는 말, 참고 견디고 버티면 언젠가는 좋은 날이 올 것이라는 말을 나는 좋아하지 않는다. 성적으로 명문대 입학이 결정 나는 것이 공정하고, 명문대를 졸업하지 못했으니 월급이 적은 것은 당연하다는 논리에 동의할 수 없다. 가난은 개인의 능력이나 게으름만의 문제는 아니라고 생각한다. 최근 집값이 천정부지로 치솟은 것은 코로나와 무관하지 않다. 언제나 고통받고 뺏기는 것은 약자들이다.

쓰지 않는 편이 좋았을지 모른다고 생각한 적이 있었다. 누구보다 열심히 썼지만, 주류에 편입하지 못했다. 이제 그만 써야지, 마음먹지만 쓰지 않고는 견딜 수 없어 다시 노트북 앞에 앉는 일이 반복되었다. 포기가 가능했다면 진작 그렇게 했을 것이다. 이제 와 보니 썼기 때문에 지금껏 버틴 거였다.

가족에게 고마움을 전한다. 무뚝뚝한 성격에 표현이 서툴러 의도치 않게 가까운 사람에게 상처를 많이 줬다. 고맙고 미안하다. 멘토이자 롤모델인 강영숙 선생님께 감사드린다. 추천사를 흔쾌히 써준 김유담 작가에게 특히 고마운 마음을 전한다.

세상에 실패한 인생이란 존재하지 않는다. 그냥 살아갈 따름이다.

2022년 2월

서경희

수박 맛 좋아

초판 1쇄 발행 2022년 2월 28일

지은이 서경희
펴낸이 서경희
펴낸곳 문학정원

책임편집 김지혜
디자인 서승연
출판등록 제2021-000346호
주　소 서울시 마포구 성지길 25-11 지층 707호 (합정동)
전　화 070-8065-4766
팩　스 070-8015-6863
전자우편 hiheehoo@naver.com

ISBN 979-11-977224-0-0(03810)

* 책값은 뒤표지에 표시되어 있습니다.
* 파본 도서는 구입처에서 교환해 드립니다.